主　　编：午元心　德　平

副 主 编：李鹏博　孙伟彦　毕研永　魏立帅

编写人员：午元心　德　平　李鹏博　孙伟彦

毕研永　魏立帅　牛苇杭　毕钰洁

魏玥萱　霍　然　郑嘉琪　张逸晗

原汁原味小古文

午元心　德平　主编

人民东方出版传媒
東方出版社

盛世重文，学文有道

——致家长（代序）

盛世必重文。2013 年 11 月 26 日，习近平总书记在曲阜考察时强调：“一个国家、一个民族的强盛，总是以文化兴盛为支撑的，中华民族伟大复兴需要以中华文化发展繁荣为条件。”中华民族五千多年文明历史所孕育的中华优秀传统文化是中华民族的突出优势。党的十八大以来，党和国家把中华优秀传统文化提升到中华民族“根”与“魂”的高度，在全社会大力弘扬。

广义的古文，又称文言、文言文，是记录中华优秀传统文化的重要载体，不懂古文，就很难真正领略中华优秀传统文化的独特魅力。历史学家吴晗曾说：“古文是打开祖国历史宝库的一把钥匙，不懂古文就根本谈不上学习和研究历史。因为除了部分近代史和现代史之外，所有的历史书籍资料都是用古文写成的，而古人的语言又和我们今人的大不相同，因此要看书，要收集资料，要研究历史，就必须先掌握古文。”吴晗先生是从学习和研究历史的专业角度谈学好古文的重要，对于学习和研究中华优秀传统文化，也同样适用。

中国既是诗词的国度，也是散文的国度，一向以“诗文”并称。近年来，古诗文在中小学语文教材中的比重不断增加，语文是工具性与人文性的统一，文以载道，中华文明的很多价值理念都是通过古文传之后世，学好古文，既是学好语文的需要，更是了解认知中华优秀传统文化的需要。

如何学好古文呢？没有什么捷径可言，唯有多读、熟读、细读六字口诀。语文教育家吕叔湘曾说：“早先的人学写文章的办法是熟读古人的文章。‘熟读唐诗三百首，不会吟诗也会吟’，这句话学诗的适用，学文章的也适用。熟能生巧，这个方法的确也有点效验。”然五千年中华文明，历时而积，经世而淀，形之于文字，以经史子集为代表的古代典籍浩如烟海，一个人穷其毕生，也不可能读完。《庄子·养生主》篇就说：“吾生也有涯，而知也无涯，以有涯随无涯，殆已。”书海无涯，以个体有限生命畅游人类无限书海，须得细加斟酌。因此，我们要有选择地去阅读古籍，从这点来说，选编古籍就非常必要。

现今学生，从小学便开始接触古文，中学则更进一步深入学习，可以说，小学阶段是学习古文的启蒙时期。家有小女，正读小学，选一本适合她阅读的古文蒙学读物，是为父之责。市场上相关的书籍已经很多，但翻检一二便知：大部分书都不太适合孩子阅读，一是开本较小，字小且密，孩子很难有兴趣去读。二是以讹传讹，舛误常见。互联网时代，大部分人喜欢从网上查找资料，根本不去核对原文。三是花里胡哨，华而不实。有些书只从形式上“创新”和“突破”，却不注重内容本身。学习古文，需要老老实实学，踏踏实实学，任何耍小聪明式的学习，只会带来一时的新鲜，而不可能培养持久的乐学。

童蒙之书，不可不审，不可不慎。如何才能编一本适合孩子阅读并且让他们喜欢阅读的古文蒙学读物呢？《原汁原味小古文》版式参照统编小学语文教材中的古文版式，正文采用通行简体字，字号特意标大，全部加注汉语拼音，方便诵读。同时每篇附以古文原书图片，古书采用《四库全书》的相关版本，方便对照诵读。为了培养孩子用简识繁的能力，注释标出部分字的繁体字（含异体字），也便于对照诵读原文。

本书还有一个特点：编者就是读者，读者也即编者。书中所有篇目，我都亲自给孩子讲授过，并且领着孩子诵读了多遍，孩子也提出了不少宝贵意见，可以说是讲课实践的总结。因此，可以把此书当成一本亲子读物。读此书最好的方法是：家长与孩子一起诵读，先结合注释诵读大字简体，再逐字逐句点读原文图片，体悟古文韵律之美，涵养实事求是之心。

本书所选小古文，第一小在篇幅短，每篇文章都不超过 80 字，方便学生读诵。第二小在文意浅，所选短文，要么是故事性强的神话寓言，要么是浅显易懂的至理名言，要么是耳熟能详的成语典故。许多故事如夸父逐日、刻舟求剑、掩耳盗铃、自相矛盾等，小学生多已知其故事，再阅读原文，理解起来更为容易。

亲近传统，从亲近古籍开始。古籍是从右至左竖排繁体排版，与现代书籍从左至右横排简体排版截然不同。古人是从上到下点头式阅读，今人则是从左至右摇头式阅读，不同的阅读方式，带来的是不同的阅读体检和异样的思维方式。阅读原版古籍，有助于小学生更好转化思维方式，开拓新的视野和境界。

2022 年 4 月，中共中央办公厅与国务院办公厅印发

《关于推进新时代古籍工作的意见》，明确提出要“做好古籍普及传播”，“持续推进古籍进校园工作，将中华优秀传统文化教育贯穿国民教育始终”，“积极倡导古籍阅读”。《原汁原味小古文》也算是推进古籍进校园、开展古籍阅读的一种尝试吧！

在本书即将付梓出版之际，2022年7月13日，习近平总书记在乌鲁木齐市天山区固原巷社区观看儿童中华优秀传统文化知识表演时指出：中华优秀传统文化教育抓早抓小、久久为功、潜移默化、耳濡目染，有利于夯实传承中华优秀传统文化的根基。小学生可以从诵读小古文开始，努力把读书学习作为一种追求、一种爱好、一种健康的生活方式，做到好学乐学。

我本科专业是汉语言文学（师范），硕士、博士学习中国哲学，现仍从事中华优秀传统文化的学习与研究，与古籍打交道20余年，虽与诸位编写者尽力而为，但水平有限，书中难免有误，敬请方家指正。

午元心

壬寅孟秋于旌勇里

目 录

凡 例

1. 本书所选小古文，以先秦两汉作品为主，盖先秦两汉古文，清新典雅，质朴厚实。
2. 本书所选小古文按正文字数编排，方便初学者由浅入深，从易至难，循序渐进。
3. 本书所选小古文正文注音，主要依据《汉语大字典》读音，盖古汉语读音与现代汉语读音有所不同，音能表义，读音不同，词义有别。《现代汉语词典》已明确古字今音的，则以《现代汉语词典》读音为准，如“夸父”的“父”读为 fù，除此之外，仍按古汉语习惯标注，如《智子疑邻》篇中的“邻人之父”注为 fǔ。
4. “不”与“一”的声调都存在变调情况，为方便诵读，本书依据《现代汉语词典》的变调规律，对“不”与“一”注音。

5. 本书每篇所附古文原书图片，皆截图于《四库全书》相关版本，正文在一页的，直接采用原书影印图片；正文分布在两页的，通过截图，把正文相关内容合为一页。

6. 为方便阅读，本书每篇单独注释，前面已注释过的字词，后面如再出现，根据文意需要，仍为之注释。

7. 为方便诵读，本书标点参照相关版本，根据文意，略有变通。

原汁原味小古文

子曰出則事公卿入則事父兄喪事不敢不勉不爲酒困何有於我哉注馬曰困亂也音義困馬云亂也疏正義曰此章記孔子言忠順孝悌哀喪慎酒之事也困亂也言出仕朝廷則盡其忠順以事公卿也入居私門則盡其孝悌以事父兄也若有喪事則不敢不勉力以從禮也未嘗爲酒亂其性也他人無是行於我我獨有之故曰何有於我哉

子在川上曰逝者如斯夫不舍晝夜注包曰逝往也言凡往也者如川之流音義夫音符下章有矣夫並同舍音捨疏正義曰此章記孔子感歎時事既往不可追復也逝往也夫子因在川水之上見川水之流迅速且不可追復故感之而興歎

shì zhě rú sī fú
逝者如斯夫

zǐ zài chuānshàng yuē shì zhě rú sī

子①在川上②曰③："逝者④如⑤斯⑥

fú bù shě zhòu yè

夫⑦！不舍⑧昼夜⑨。"

——《论语·子罕》

① 子：孔子（前551—前479），名丘，字仲尼，春秋时期鲁国人，宋国贵族之后，被后世尊为"至圣先师"。

② 川上：河边。川：河流。

③ 曰：说。

④ 逝者：往事。逝：过去，流逝。

⑤ 如：像。

⑥ 斯：这，指河水。

⑦ 夫：句末语气词。

⑧ 舍：停留，停止。

⑨ 昼（晝）：白天。

者孔子答言據其所聞但是清耳未知他行安得仁乎注孔曰至於菟○正義曰案宣四年左傳云初若敖娶於䢵生鬬伯比若敖卒從其母畜於䢵淫於䢵子之女生子文焉䢵夫人使棄諸夢中虎乳之䢵子田見之懼而歸夫人以告遂使收之楚人謂乳穀謂虎於菟故命之曰鬬穀於菟實為令尹子文是也令尹宰也周禮六卿大宰為長遂以宰為上卿之號楚臣令尹為長從他國之言或亦謂之宰宣十二年左傳云蔿敖為宰是也令善也尹正也言用善人正此官也楚官多以尹為名皆取其正直也注孔曰至匹馬○正義曰云皆齊大夫者並見春秋故知之云崔杼作亂者左襄二十五年云四十匹馬者古以四馬共駕一車因謂四匹為乘經言十乘故知四十匹也

季文子三思而後行子聞之曰再斯可矣注鄭曰季文

三思而后行

sān sī ér hòu xíng

Jì wén zǐ sān sī ér hòu xíng zǐ wén zhī

季文子① 三② 思③ 而后行④。子⑤ 闻⑥ 之，

yuē zài sī kě yǐ

曰⑦：“再⑧，斯⑨ 可矣⑩。”

——《论语·公冶长》

① 季文子：春秋时期鲁国官员，文是他死后的谥（shì）号。
② 三：古文中常用来表示多、多次。
③ 思：思考，考虑。
④ 行：做。
⑤ 子：孔子。
⑥ 闻（聞）：听说，知道。
⑦ 曰：说。
⑧ 再：两次，第二次。
⑨ 斯：就。
⑩ 矣：句末语气词。

葉公問孔子於子路子路不對者葉公名諸梁楚大夫食采於葉僭稱公問孔子為人志行於子路子路未知所以答故不對子曰女奚不曰其為人也發憤忘食樂以忘憂不知老之將至云爾者孔子聞子路不能答故教之奚何也言女何不曰其孔子之為人也發憤嗜學而忘食樂道以忘憂不覺老之將至云爾乎注孔曰至稱公○正義曰云葉公名諸梁楚大夫食采於葉僭稱公者據左傳世本文也名諸梁字子高為葉縣尹楚子僭稱王故縣尹皆僭稱公也

子曰我非生而知之者好古敏以求之者也注鄭曰言此者勸人學音義好呼報反疏正義曰此章勸人學也恐人以已為生知而不可學故告之曰我非生而知之者但愛好古道敏疾求學而知之也

我非生而知之者
wǒ fēi shēng ér zhī zhī zhě

子①曰②："我非③生而知之者④，好古⑤，敏以求之⑥者也。"
zǐ yuē wǒ fēi shēng ér zhī zhī zhě hào gǔ mǐn yǐ qiú zhī zhě yě

——《论语·述而》

① 子：孔子。

② 曰：说。

③ 非：不是。

④ 生而知之者：生来就有知识的人。者：助词，表示人。

⑤ 好古：喜爱古代的文化。

⑥ 敏以求之：勤奋努力去求索。敏：勤勉。

知是人才小者道亦隨小而道不能大其人也故曰非道弘人

子曰過而不改是謂過矣疏正義曰此章戒人改過也人誰無過過而能改善莫大焉過而不改是謂過矣

子曰吾嘗終日不食終夜不寢以思無益不如學也疏正義曰此章勸人學也

子曰君子謀道不謀食耕也餒在其中矣學也祿在其中矣君子憂道不憂貧注鄭曰餒餓也言人雖念耕而不學故飢餓學則得祿雖不耕而不餒此勸人學音義

zhōng rì bù shí, bù rú xué yě
终日不食，不如学也

zǐ yuē wú cháng zhōng rì bù shí zhōng
子①曰②：“吾③尝④终日⑤不食⑥，终

yè bù qǐn yǐ sī wú yì bù rú xué yě
夜⑦不寝⑧，以思⑨，无益⑩，不如学也。”

——《论语·卫灵公》

① 子：孔子。
② 曰：说。
③ 吾：我。
④ 尝（嘗）：曾经。
⑤ 终（終）日：整日，整天。
⑥ 食：吃饭。
⑦ 终（終）夜：整夜，通宵。
⑧ 寝（寢）：睡觉。
⑨ 以思：来思考问题。
⑩ 无（無）益：无用，没有效果。

羣也君子進德脩業欲及時也故无咎音義上下並如字王肅上音時掌反疏正義曰此明九四爻辭也子曰上下无常離力智反疏非為邪者上而欲躍下而欲退是无常也意在於公非是為邪也進退无恒非離羣者何氏云所以進退无恒者時使之然非苟欲離羣也何氏又云言上下者據位也進退者據爻也所謂非離羣者言雖進退无恒猶依羣衆而行和光俯仰並同於衆非是卓絶獨離羣也君子進德脩業欲及時者進德則欲上欲進也脩業則欲下欲退也進者棄位欲躍是進德之謂也退者仍退在淵是脩業之謂也其意與九三同但九四欲前進多於九三故云欲及時也九三則不云及時但可與言幾而已九五曰飛龍在天利見大人何謂也子曰同聲相應同氣相求水流濕火就燥雲從龍風從虎聖人作

《四库全书 · 周易注疏》

tóng qì xiāng qiú
同气相求

tóng shēng xiāng yìng　tóng qì xiāng qiú　shuǐ liú shī
同声相应①，同气相求②。水流湿③，
huǒ jiù zào　yún cóng lóng　fēng cóng hǔ
火就燥④，云从龙⑤，风从虎⑥。

——《易·乾·文言》

① 同声（聲）相应：相同的声音互相应和，比喻同类事物互相感应。同：相同。应（應）：应和。

② 同气相求：同类的事物互相感应，比喻志趣相投的人自然结合在一起。气（氣）：又叫元气，分为阳气与阴气。古人认为，万物都是由气组成。求：寻求，追求。

③ 水流湿（濕）：水流向潮湿的地方。

④ 火就燥：火烧向干燥的地方。就：趋向，往……去。

⑤ 云（雲）从（從）龙（龍）：飞龙总有祥云相随。

⑥ 风（風）从（從）虎：猛虎总有阵风相伴。

獨能慎之音義齊側皆反本或作齋同戰之彥反疏正義曰此章記孔子所慎之行也將祭散齊七日致齊三日齊之為言齊也所以齊不齊也故戒慎之左傳曰皆陳曰戰夫兵凶戰危不必其勝重其民命固當慎之君子敬身安體若偶嬰疾病則慎其藥劑以治之此三者凡人所不能慎而夫子能慎之也

子在齊聞韶三月不知肉味注周曰孔子在齊聞習韶樂之盛美故忽忘於肉味曰不圖為樂之至於斯也注王曰為作也不圖作韶樂至於此此齊音義韶士昭反注同為樂並如字王云為作也本或作爲音居危反非疏正義曰此章孔子美韶樂也子在齊聞韶三月不知肉味者韶舜樂名孔子在齊聞習韶樂之盛美故三月忽忘於肉味而不知也曰不圖為樂之至於斯也者圖謀度

《四库全书 · 论语注疏》

sān yuè bù zhī ròu wèi

三月不知肉味

zǐ zài Qí wén sháo sān yuè bù zhī ròu wèi

子①在齐②闻③《韶》④，三月不知肉味，

yuē bù tú wéi yuè zhī zhì yú sī yě

曰⑤："不图⑥为乐⑦之至⑧于斯⑨也。"

——《论语·述而》

① 子：孔子。

② 齐（齊）：春秋战国国名，在今山东省。

③ 闻（聞）：听。

④ 韶：舜时的音乐名。

⑤ 曰：说。

⑥ 图（圖）：预料，料想到。

⑦ 为（為）乐（樂）：奏乐。

⑧ 至：到。

⑨ 斯：这，这样。

執無兵禍莫大於輕敵輕敵幾喪吾寶

言吾哀慈謙退非欲以取强無敵於天下也不得已而卒至於無敵斯乃吾之所以為大禍也寶三寶也故曰幾亡吾寶

故抗兵相加哀者勝矣

抗舉也加當也哀者必相惜而不趣利避害故必勝

七十章 案河上公注本此為知難章

吾言甚易知甚易行天下莫能知莫能行

āi bīng bì shèng

哀兵必胜

huò mò dà yú qīng dí qīng dí jī sàng wú

祸①莫大②于轻敌③，轻敌几④丧⑤吾

bǎo gù kàngbīng xiāng jiā āi zhě shèng yǐ

宝⑥，故⑦抗兵⑧相加⑨，哀⑩者胜⑪矣。

——《老子·第六十九章》

① 祸（禍）：灾害，灾难。

② 莫大：最大，没有比这更大。

③ 轻（輕）敌（敵）：轻视敌人。

④ 几（幾）：几乎，差不多。

⑤ 丧（喪）：失去，丢掉。

⑥ 宝（寶）：宝贵的，珍贵的，此处指人的身体。

⑦ 故：所以。

⑧ 抗兵：势均力敌的两军。抗：匹敌，对等。兵：军队。

⑨ 相加：对阵。

⑩ 哀：悲伤，悲痛，悲愤。

⑪ 胜（勝）：战胜，取胜。

禮自行束脩以上則皆教誨之音義上時掌反注同誨魯讀為悔字今從古

疏正義曰此章言已誨人不倦也束脩禮之薄者言人能奉禮自行束脩以上而來學者則吾未曾不誨焉皆教誨之也注孔曰至以上○正義曰云言人能奉禮自行束脩以上者案書傳言束脩者多矣皆謂十脡脯也檀弓曰古之大夫束脩之問不出竟少儀曰其以乘壺酒束脩一犬賜人穀梁傳曰束脩之問不行竟中是知古者待束脩以為禮然此是禮之薄者其厚則有玉帛之屬故云以上以包之也

子曰不憤不啓不悱不發舉一隅不以三隅反則不復也注鄭曰孔子與人言必待其人心憤憤口悱悱乃後啓發為說之如此則識思之深也說則舉一隅以語之

举一反三

jǔ yī fǎn sān

子①曰②："不愤③不启④，不悱⑤不发⑥。举⑦一隅⑧不以三隅反⑨，则不复⑩也。"

zǐ yuē bú fèn bù qǐ bù fěi bù fā jǔ yì yú bù yǐ sān yú fǎn zé bú fù yě

——《论语·述而》

① 子：孔子。

② 曰：说。

③ 愤（憤）：怎么想都想不出的状态。

④ 启（啓）：教导，开导。

⑤ 悱：想说而说不出的样子。

⑥ 发（發）：启发，阐明。

⑦ 举（舉）：提出，发问。

⑧ 隅：墙角，角落。

⑨ 反：类推。

⑩ 复（復）：重复。

是役故不為耳非不能也太山北海皆近齊故以為喻
也老吾老以及人之老幼吾幼以及人之幼天下可運
於掌注老猶敬也幼猶愛也敬吾之老亦敬人之老愛
我之幼亦愛人之幼推此心以惠民天下可轉之掌上
言其易也詩云刑于寡妻至于兄弟以御于家邦言舉
斯心加諸彼而已注詩大雅思齊之篇也刑正也寡少
也言文王正己適妻則八妾從以及兄弟御享也享天
下國家之福但舉己心加於人而已故推恩足以保四

《四库全书 · 孟子注疏》

老吾老，以及人之老

老①吾老②，以及人之老③，幼④吾幼⑤，以及人之幼⑥，天下可运于掌⑦。

——《孟子·梁惠王上》

① 老：敬老，养老。

② 老：父母。

③ 老吾老，以及人之老：像敬养自己的父母一样去敬养别的老人。

④ 幼：爱护。

⑤ 幼：小孩子。

⑥ 幼吾幼，以及人之幼：像爱护自己的子女一样去爱护别的孩子。

⑦ 天下可运（運）于（於）掌：治理天下就像在手掌运转一样容易。

能賢能也若是則人臣輕職業讓賢而安隨其後如是則禹舜還至王業還起還復功一天下名配禹舜物由有可樂如是其美焉者乎嗚呼君人者亦可以察若言矣可以察如此之言也楊朱哭衢塗曰此夫過舉蹞步而覺跌千里者夫哀哭之楊朱戰國時人後於墨子與墨子弟子禽滑釐辯論其說在愛己不拔一毛以利天下與墨相反衢塗歧路也秦俗以兩為衢或曰四達謂之衢覺知也半步曰蹞跌差也言此歧路第過舉半步則知差而哭況跌千里者乎故甚哀而哭之易曰差以毫釐謬以千里也此亦榮辱安危存亡之衢已此其為可哀甚於衢塗此謂求誠能之士也不求則滅亡故可哀甚於衢塗

《四库全书 · 荀子》

Yáng zhū qì qí

杨朱泣歧①

Yáng zhū kū qú tú yuē cǐ fú guò jǔ

杨朱②哭衢涂③曰："此④夫⑤过⑥举⑦

kuǐ bù ér jué diē qiān lǐ zhě fú āi kū zhī

跬步⑧，而觉跌⑨千里者夫⑩！"哀⑪哭之。

——《荀子·王霸》

① 泣（qì）：哭。歧：歧路，岔（chà）道。

② 杨（楊）朱：战国时期思想家，魏国人。

③ 衢涂：歧路，岔道。衢：分岔的道路。涂（塗）：同"途"，道路。

④ 此：这。

⑤ 夫：那，那个。

⑥ 过（過）：超过。

⑦ 举（舉）：行。

⑧ 跬步：古代一举足叫跬，两足各跨一次叫步。跬：同"跬"，半步。

⑨ 跌：差错。

⑩ 夫：语气词。

⑪ 哀：悲伤，悲痛。

子不語怪力亂神注王曰怪怪異也力謂若奡盪舟烏獲舉千鈞之屬亂謂臣弑君子弑父神謂鬼神之事或無益於教化或所不忍言音義奡五報反盪吐浪反弑音試下同疏正義曰此章記夫子為教不道無益之事怪怪異也力謂若奡盪舟烏獲舉千鈞之屬也亂謂臣弑君子弑父也神謂鬼神之事或無益於教化或所不忍言也李充曰力不由理斯怪力也神不由正斯亂神也怪力亂神有與於邪無益於教故不言也注烏獲舉千鈞〇正義曰烏獲古之有力人三十斤為鈞言能舉三萬斤之重也

子曰三人行必有我師焉擇其善者而從之其不善者而改之注言我三人行本無賢愚擇善從之不善改之

sān rén xíng　bì yǒu wǒ shī
三人行，必有我师

zǐ　yuē　sān rén xíng　bì　yǒu wǒ shī　yān
子①曰②："三人行③，必④有我师⑤焉⑥，
zé　qí　shàn　zhě　ér cóng　zhī　qí bú shàn zhě ér gǎi
择⑦其⑧善⑨者⑩而从⑪之，其不善者而改⑫
zhī
之。"

——《论语·述而》

① 子：孔子。
② 曰：说。
③ 行：行走。
④ 必：一定，必定。
⑤ 师（師）：老师。
⑥ 焉：句末语气词，表陈述或者肯定。
⑦ 择（擇）：挑选，选择。
⑧ 其：代词，那个。
⑨ 善：好。
⑩ 者：句中助词，表人或事物。
⑪ 从（從）：跟随，随行。
⑫ 改：改正。

矢之用所以威乖爭也音義弧音胡說文云木弓剡以冉反字林云銳也因冉反睽苦圭反又音圭爭爭鬭之爭疏正義曰此九事之第六也案爾雅弧木弓也故云弦木為弧取諸睽者睽謂乖離弧弓所以服此乖離之人故取諸睽也案弧矢杵臼服牛乘馬舟楫皆云之利此皆器物益人故稱利也重門擊柝非如舟楫杵臼故不云利也變稱以禦暴客是亦利也垂衣裳不言利者此亦隨便立稱故云天下治治亦利也此皆義便而言不可以一例取也

上古穴居而野處後世聖人易之以宮室上棟下宇以待風雨蓋取諸大壯注宮室壯大於穴居故制為宮室取諸大壯也疏正義曰此九事之第七也已前不言上古已下三事或言上古或言古與上不同者已前未造此器之前更无餘物之用非是後物以替

《四库全书 · 周易注疏》

穴居野处

xué jū yě chǔ

shàng gǔ xué jū ér yě chǔ hòu shì shèng rén

上古①穴居②而野处③，后世④圣人⑤，

yì zhī yǐ gōng shì shàngdòng xià yǔ yǐ dài

易⑥之以宫室⑦，上栋⑧下宇⑨，以待⑩

fēng yǔ

风雨。

——《易·系辞下》

① 上古：远古。

② 穴居：居住在山洞里。居：居住。

③ 野处：居住在野外。处（處）：居住。

④ 后（後）世：后代。

⑤ 圣（聖）人：古代指品格最高尚、智慧最高超的人。

⑥ 易：改变。

⑦ 宫室：房屋。

⑧ 栋（棟）：房屋的正梁。

⑨ 宇：屋檐（yán）。

⑩ 待：防备，防御（yù）。

合抱之木生於毫末九層之臺起於累土千里之行始於足下為者敗之執者失之

當以慎終除微慎微除亂而以施為治之形名執之反生事原巧辟滋作故敗失也

是以聖人無為故無敗無執故無失民之從事常於幾成而敗之

不慎終也

慎終如始則無敗事是以聖人欲不欲不貴難得之貨

《四库全书 · 老子道德经》

qiān lǐ zhī xíng shǐ yú zú xià
千里之行，始于足下

hé bào zhī mù shēng yú háo mò jiǔ céng zhī tái
合抱之木[1]，生于毫末[2]。九层之台[3]，
qǐ yú lěi tǔ qiān lǐ zhī xíng shǐ yú zú xià
起于累土[4]。千里之行[5]，始[6]于足[7]下。

——《老子·第六十四章》

① 合抱之木：粗大的树木。合抱：两臂环抱。
② 毫末：毫毛的末梢，比喻极其细小。毫：细小的毛。
③ 台（臺）：用土筑成的四方形的高而平的建筑物。
④ 起于（於）累土：由土一点一点堆积起来。起：兴建。累：堆积。
⑤ 行：行程。
⑥ 始：开始。
⑦ 足：脚。

五月而畢若駟之過隙然而遂之則是無窮也故先王爲之立中制節壹使足以成文理則釋之矣喪服四制曰始死三日不怠三月不解期悲哀三年憂思之殺也故孔子云子生三年然後免於父母之懷夫三年之喪天下之通喪也所以喪必三年爲制也注孔曰至愛乎○正義曰云欲報之德昊天罔極者小雅蓼莪文鄭箋云之猶是也我欲報父母是德昊天乎我心無極云予也有三年之愛乎者言宰予不欲服喪三年是無三年之愛也繆協云爾時禮壞樂崩三年不行宰我大懼其往以爲聖人無微旨以戒將來故假時人之謂啓憤於夫子義在屈已以明道也

子曰飽食終日無所用心難矣哉不有博奕者乎爲之猶賢乎已注馬曰爲其無所據樂善生淫欲音義奕音亦爲

bǎo shí zhōng rì
饱食终日

zǐ yuē bǎo shí zhōng rì wú suǒ yòng xīn

子①曰②："饱食终日③，无所用心④，

nán yǐ zāi bù yǒu bó yì zhě hū wéi zhī yóu xián

难矣哉⑤！不有博⑥奕⑦者乎？为之⑧，犹贤

hū yǐ

乎已⑨。"

——《论语·阳货》

① 子：孔子。

② 曰：说。

③ 饱（飽）食终日：整天吃饱饭。终（終）日：整天。

④ 无（無）所用心：没有地方用他的心，指不动脑筋，什么事情都不关心。

⑤ 难矣哉：很难成功，没什么成就。难（難）：困难。

⑥ 博：古代的一种棋戏，后泛指赌博。

⑦ 奕：通"弈"，围棋。

⑧ 为（為）之：指下棋。

⑨ 犹贤乎已：也比空闲着好。犹（猶）：尚且。贤（賢）：胜过，超过。已：代词，相当于"此"。

荀子卷一

唐 楊倞 註

勸學篇第一

君子曰學不可以已青出之於藍而青於藍冰水為之而寒於水以喻學則才過其本性也木直中繩輮以為輪其曲中規雖有槁暴不復挺者輮使之然也輮屈橋枯暴乾挺直也晏子春秋作不復嬴矣故木受繩則直金就礪則利君子博學而日參省乎

《四库全书 · 荀子》

青出于蓝而胜于蓝

qīng chū yú lán ér shèng yú lán

jūn zǐ yuē xué bù kě yǐ yǐ qīng

君子①曰②："学③不可以已④。"青⑤，

chū zhī yú lán ér qīng yú lán bīng shuǐ wéi zhī

出之于蓝⑥，而青于蓝。冰，水为之，

ér hán yú shuǐ

而寒⑦于水。

——《荀子·劝学》

① 君子：古代原指地位高的统治者，后来指道德高尚的人。

② 曰：说。

③ 学（學）：学习。

④ 已：停止。

⑤ 青：青色。

⑥ 蓝（藍）：蓼（liǎo）蓝，一年生草本植物，叶子含蓝汁，可做染料。

⑦ 寒：冷。

以天子諸侯卿大夫言已不免於拘墟至分訓君與子之義則鑿矣

玉不琢不成器人不學不知道是故古之王者建國君民教學為先兌命曰念終始典于學其此之謂乎琢丁角反

兌依注作說音悅

正義鄭氏康成曰教學謂內則設師保以教使國子學焉外則有大學庠序之官典經也言學之不舍業也兌當為說字之誤高宗夢傅說求而得之作說命

玉不琢，不成器
yù bù zhuó bù chéng qì

玉①不琢②，不成器③。人不学，不知道④。是故⑤古之王者⑥，建国君民⑦，教学为先⑧。

（yù bù zhuó, bù chéng qì. rén bù xué, bù zhī dào. shì gù gǔ zhī wáng zhě, jiàn guó jūn mín, jiào xué wéi xiān.）

——《礼记·学记》

① 玉：未经加工的美石。
② 琢：加工玉石。
③ 器：玉器。
④ 道：道理，道德。
⑤ 是故：因此，所以。
⑥ 古之王者：古代的君王。
⑦ 建国（國）君民：建立国家，治理人民。君：统治。
⑧ 教学（學）为（為）先：将教育置于首位。

者皆白起（白起秦將也殺犀武於伊闕藺石本屬西河祁本屬太原也）是攻用兵又有天命也（是實也攻巧玄也白起用兵又有天命之助也）今攻梁梁必破破則周危君不若止之謂白起曰楚有養由基者善射（養姓由基名楚善射人也）去柳葉者百步而射之百發百中左右皆曰善有一人過曰善射可教射也矣（集劉錢無也字）養由基曰人皆（劉錢下有曰字）善子乃曰可教射子何不代我射之也客曰我不能教子支左屈右（支左屈右善射法也）夫射柳葉者百發百中而不已（已錢劉作以）善息少馬氣力倦弓撥矢鉤一發不中

百发百中

bǎi fā bǎi zhòng

楚①有养由基②者，善③射④，去⑤柳叶者百步，而射之，百发⑥百中⑦。左右⑧皆⑨曰⑩“善”⑪。

Chǔ yǒu Yǎng yóu jī zhě shàn shè qù liǔ yè zhě bǎi bù ér shè zhī bǎi fā bǎi zhòng zuǒ yòu jiē yuē shàn

——《战国策·西周策》

① 楚：春秋战国国名。

② 养（養）由基：也作“养游击”，春秋时期楚国官员，善于射箭，能百步穿杨。

③ 善：擅（shàn）长，会。

④ 射：射箭。

⑤ 去：距离。

⑥ 发（發）：发射。

⑦ 中：射中。

⑧ 左右：身边人。

⑨ 皆：都，全。

⑩ 曰：说。

⑪ 善：好，高明。

是已達者因而不作已而不知其然謂之道夫達者之因是豈知因為善而因之哉不知所以因而自因耳故謂之道也○謂之道向郭絕句崔讀謂之道勞云因自然是道之功也勞神明為一而不知其同也謂之朝三何謂朝三曰狙公賦芧曰朝三而莫四衆狙皆怒曰然則朝四而莫三衆狙皆悅名實未虧而喜怒為用亦因是也夫達者之於一豈勞神哉若勞神明於為一不足賴也與彼不一者無以異矣亦同衆狙之惑因所好而自是也○狙公七徐反又緇慮反司馬云狙公典狙官也崔云養猨狙者也李云老狙也廣雅云狙獮猴芧音序徐食汝反李音予司馬云橡子也朝三莫四司馬云朝三升莫四升也好呼報反下文皆同是以聖人和之以是非而

朝三暮四

zhāo sān mù sì

Jū gōng fù xù yuē zhāo sān ér mù sì

狙公①赋②芧③曰④："朝⑤三而莫⑥四。"

zhòng jū jiē nù yuē rán zé zhāo sì ér mù sān zhòng

众狙皆⑦怒⑧。曰："然则⑨朝四而莫三。"众

jū jiē yuè

狙皆悦⑩。

——《庄子·齐物论》

① 狙公：养猴子的老头。狙：猕（mí）猴。

② 赋（赋）：给予。

③ 芧：橡树的果实。

④ 曰：说。

⑤ 朝：早上。

⑥ 莫：傍晚，日落的时候，后作"暮"。

⑦ 皆：都。

⑧ 怒：生气，发怒。

⑨ 然则（则）：连词，用在句子开头，表示既然这样，那么。

⑩ 悦：喜欢，开心。

保其社稷者甚衆未有不先見而後從之者也

晉平公問於師曠曰吾年七十欲學恐已暮矣師曠曰何不炳燭乎平公曰安有為人臣而戲其君乎師曠曰盲臣安敢戲其君乎臣聞之少而好學如日出之陽壯而好學如日中之光老而好學如炳燭之明炳燭之明孰與昧行乎平公曰善哉

河間獻王曰湯稱學聖王之道者譬如日焉靜居獨思譬如火焉夫捨學聖王之道若捨日之光何乃獨思若

shào ér hào xué rú rì chū zhī yáng
少而好学，如日出之阳

shào ér hào xué rú rì chū zhī yáng zhuàng ér hào xué rú rì zhōng zhī guāng lǎo ér hào xué rú bǐng zhú zhī míng

少①而好②学，如日出之阳③。壮④而好学，如日中⑤之光⑥。老而好学，如炳烛⑦之明⑧。

——汉·刘向《说苑·建本》

① 少：年幼，年少。
② 好：爱好，喜爱。
③ 阳（陽）：阳光。
④ 壮（壯）：壮年。
⑤ 日中：正午。
⑥ 光：阳光。
⑦ 炳烛（燭）：点燃蜡烛。炳：点燃。
⑧ 明：光明，明亮。

人注鮮少也○正義曰釋詁云鮮罕也故得為少皇氏熊氏以為上謂君親犯謂犯顔諫爭今案注云上謂凡在己上者則皇氏熊氏違背注意其義恐非也

子曰巧言令色鮮矣仁注包曰巧言好其言語令色善其顔色皆欲令人說之少能有仁也音義令力呈反說音悅疏正義曰此章論仁者必直言正色其若巧好其言語令善其顔色欲令人說愛之者少能有仁也

曾子曰注馬曰弟子曾參吾日三省吾身為人謀而不忠乎與朋友交而不信乎傳不習乎注言凡所傳之事得無素不講習而傳之音義參所金反又七南反三息暫反又如字省悉井反視

wú rì sān xǐng wú shēn
吾日三省吾身

Zēng zǐ yuē wú rì sān xǐng wú shēn wèi rén móu
曾子①曰②："吾日三省吾身③：为人谋

ér bù zhōng hū yǔ péng yǒu jiāo ér bú xìn hū chuán bù
而不忠乎④？与朋友交而不信乎⑤？传不

xí hū
习乎⑥？"

——《论语·学而》

① 曾子：孔子弟子，姓曾，名参，字子舆，比孔子小46岁，以孝著称，被后世尊为"宗圣"。

② 曰：说。

③ 吾日三省吾身：我每天都要多次反省自己。吾：我。日：每天。三：多次。省：反省，检查。

④ 为（為）人谋（謀）而不忠乎：为人谋事，竭尽自己全力了吗？忠：尽心竭力。

⑤ 与（與）朋友交而不信乎：与朋友交往，有不讲信用的地方吗？信：守信。

⑥ 传不习乎：老师传授的学业，实践练习了吗？传（傳）：传授。习（習）：练习，实践。

執利行以下之事也

博學之審問之慎思之明辨之篤行之有弗學學之弗能弗措也有弗問問之弗知弗措也有弗思思之弗得弗措也有弗辨辨之弗明弗措也有弗行行之弗篤弗措也人一能之已百之人十能之已千之果能此道矣雖愚必明雖柔必強釋文措七路反強其良反　案朱本分篤行之節已千之節雖柔必強節作三節

鄭氏康成曰此勸人學誠其身也果猶决也

人一己百

rén yī jǐ bǎi

rén yī néng zhī jǐ bǎi zhī rén shí néng zhī

人①一②能③之，己百④之，人十能之，

jǐ qiān zhī guǒ néng cǐ dào yǐ suī yú bì míng

己千之。果⑤能⑥此道矣，虽⑦愚⑧必明⑨，

suī róu bì qiáng

虽柔⑩必强⑪。

——《礼记·中庸》

① 人：别人。

② 一：一次。

③ 能：学会，掌握。

④ 百：百倍。

⑤ 果：果真。

⑥ 能：能够。

⑦ 虽（雖）：即使。

⑧ 愚：愚笨。

⑨ 明：聪明。

⑩ 柔：软弱。

⑪ 强（強）：刚强。

也問於夫子為孝之道夫子答之曰子事父母唯其疾病然後可使父母憂之疾病之外不得妄為非法貽憂於父母也注馬曰至父母憂○正義曰案春秋懿子以哀十四年卒而武伯嗣哀公十七年左傳曰公會齊侯於蒙孟武伯相武伯問於高柴曰諸侯盟誰執牛耳季羔曰鄫衍之役吳公子姑曹發陽之役衛石魋武伯曰然則彘也是武伯為懿子之子仲孫彘也謚法剛強直理曰武

子游問孝注孔曰子游弟子姓言名偃子曰今之孝者是謂能養至於犬馬皆能有養不敬何以別乎注包曰犬以守禦馬以代勞皆養人者一曰人之所養乃至於犬馬不敬則無以別孟子曰食而不愛豕畜之愛而不

子游问孝

Zǐ yóu wèn xiào

Zǐ yóu wèn xiào zǐ yuē jīn zhī xiào zhě shì wèi néng yàng zhì yú quǎn mǎ jiē néng yǒu yàng bú jìng hé yǐ bié hū

子游①问②孝。子③曰④:"今之孝者,是谓能养⑤。至于⑥犬⑦马,皆⑧能有养。不敬⑨,何以别⑩乎?"

——《论语·为政》

① 子游:孔子弟子,姓言,名偃(yǎn),字子游,比孔子小45岁,以擅长文学著称。

② 问(問):询问,请教。

③ 子:孔子。

④ 曰:说。

⑤ 养(養):供养,养活。

⑥ 至于(於):讲到,提起。

⑦ 犬:狗。

⑧ 皆:都。

⑨ 敬:尊敬,礼敬。

⑩ 别:区别。

類也天左旋地右周猶君臣陰陽相對向也
張衡靈憲曰太素之前幽清寂寞不可為象惟虛惟無蓋道之根也道根既建由無生有太素始萌萌而未兆斯謂龎洪蓋道之幹也道幹既育萬物成體於是剛柔始分清濁異位天成於外而體陽故圓以動斯謂天元道之實也天有元位
徐整三五歷紀曰天地混沌如雞子盤古生其中萬八千歲天地開闢陽清為天陰濁為地盤古在其中一日

《四库全书 · 艺文类聚》

kāi tiān pì dì
开天辟地

tiān dì hùn dùn rú jī zǐ Pán gǔ shēng qí zhōng wàn bā qiān suì tiān dì kāi pì yáng qīng wéi tiān yīn zhuó wéi dì

天地混沌①如②鸡子③，**盘古**④生⑤其中，万八千岁⑥，天地开辟⑦，阳清⑧为⑨天，阴浊⑩为地。

——三国·吴·徐整《三五历记》

① 混沌：也作“浑沌”，传说宇宙形成以前模糊一团的景象。
② 如：像。
③ 鸡（雞）子：鸡蛋。
④ 盘（盤）古：远古神话中开天辟地的人物。
⑤ 生：出生，生活。
⑥ 岁（歲）：年。
⑦ 辟（闢）：开。
⑧ 阳（陽）清：轻而清的气体。
⑨ 为（為）：成为，变为。
⑩ 阴（陰）浊（濁）：重而浊的杂渣。

而出奔宋是也云〻公薨而立孫輒者哀二年左傳曰夏衛靈公卒夫人曰命公子郢為太子君命也對曰郢異於他子且君沒於吾手若有之郢必聞之且亡人之子輒在乃立輒是也云後晉趙鞅納蒯聵於戚城者亦哀二年春秋文也云衛石曼姑帥師圍之者春秋哀三年春齊國夏衛石曼姑帥師圍戚是也

子曰飯疏食飲水曲肱而枕之樂亦在其中矣注孔曰疏食菜食肱臂也孔子以此為樂不義而富且貴於我如浮雲注鄭曰富貴而不以義者於我如浮雲非己之有音義飯符晚反疏本或作蔬所居反食如字謂菜食也一音嗣飯也肱國弘反臂也枕之鴆反樂音洛注同

疏正義曰此章記孔子樂道而賤不義也子曰飯疏食飲水曲肱而枕之樂亦在其中矣者疏食

lè zài qí zhōng
乐在其中

zǐ yuē fàn shū shí yǐn shuǐ qū gōng ér

子①曰②："饭③疏食④饮⑤水，曲肱而

zhěn zhī lè yì zài qí zhōng yǐ bú yì ér fù qiě guì

枕⑥之，乐亦在其中矣。不义而富且贵⑦，

yú wǒ rú fú yún

于我如浮云⑧。"

——《论语·述而》

① 子：孔子。
② 曰：说。
③ 饭（飯）：吃饭。
④ 疏食：粗糙的飯食。
⑤ 饮（飲）：喝。
⑥ 曲肱而枕：弯着胳膊当枕头睡觉。曲：弯曲。肱：胳膊。
⑦ 不义（義）而富且贵（貴）：靠不正当手段得到的富贵。
⑧ 于（於）我如浮云（雲）：如同天上飘浮的云彩，与我无关。

子曰苗而不秀者有矣夫秀而不實者有矣夫注孔曰言萬物有生而不育成者喻人亦然疏正義曰此章亦以顔回早卒孔子痛惜之為之作譬也言萬物有生而不育成者喻人亦然也

子曰後生可畏焉知來者之不如今也注後生謂年少四十五十而無聞焉斯亦不足畏也已音義焉知之焉於虔反

疏正義曰此章勸學也子曰後生可畏焉知來者之不如今也者後生謂年少也言年少之人足以積學成德誠可畏也安知將來者之道德不如我今日也四十五十而無聞焉斯亦不足畏也已者言年少時不能積學成德至於四十五十而令名無聞雖欲強學終無成德故不足畏也

后生可畏

hòu shēng kě wèi

zǐ yuē hòu shēng kě wèi yān zhī lái zhě zhī bù rú jīn yě sì shí wǔ shí ér wú wén yān sī yì bù zú wèi yě yǐ

子①曰②："后生可畏③，焉④知来者⑤之不如今⑥也？四十、五十而无闻⑦焉⑧，斯⑨亦⑩不足⑪畏也已⑫。"

——《论语·子罕》

① 子：孔子。

② 曰：说。

③ 后生可畏：年轻人可能超越前辈，值得敬佩。后（後）生：后辈，年轻人。畏：敬佩。

④ 焉：怎么。

⑤ 来（來）者：将来的人，后辈，后生。

⑥ 今：现在的人。

⑦ 无（無）闻（聞）：没有名声，没有成名。

⑧ 焉：句末语气词，表陈述或者肯定。

⑨ 斯：则，就。

⑩ 亦：也。

⑪ 足：值得。

⑫ 也已：句末语气词。

伯牛有惡疾○正義曰惡疾疾之惡者也淮南子云伯牛癩

子曰賢哉回也一簞食一瓢飲注孔曰簞笥也在陋巷人不堪其憂回也不改其樂賢哉回也注孔曰顔淵樂道雖簞食在陋巷不改其所樂音義簞音丹食音嗣注同瓢婢遙反瓠也笥息嗣反巷户降反注同樂音洛注同

疏正義曰此章歎顔回之賢故曰賢哉回也云一簞食一瓢飲者簞竹器食飯也瓢瓠也言回家貧唯有一簞飯一瓠瓢飲也在陋巷人不堪其憂回也不改其樂者言回居處又在隘陋之巷他人見之不任其憂唯回也不改其樂道之志不以貧為憂苦也歎美之甚故又曰賢哉回也

注孔曰簞笥也○正義曰案鄭注曲禮云圓曰簞方曰笥然則簞與笥方圓異而此云簞笥者以其俱用竹為

dān shí piáo yǐn
箪食瓢饮

zǐ yuē xián zāi Huí yě yì dān shí

子①曰②："贤③哉！回④也！一箪⑤食⑥，

yì piáo yǐn zài lòu xiàng rén bù kān qí yōu

一瓢⑦饮⑧，在陋⑨巷⑩，人不堪⑪其忧⑫，

Huí yě bù gǎi qí lè xián zāi Huí yě

回也不改其乐。贤哉！回也！"

——《论语·雍也》

① 子：孔子。

② 曰：说。

③ 贤（賢）：好。

④ 回：孔子弟子颜回，姓颜，名回，字子渊，比孔子小30岁。贫而好学，聪明过人，被后世尊为"复圣"。

⑤ 箪（簞）：盛（chéng）饭用的圆形竹器。

⑥ 食：食物，饭食。

⑦ 瓢：葫芦剖开做成的舀（yǎo）水、盛（chéng）酒器。

⑧ 饮：水。

⑨ 陋：简陋。

⑩ 巷：胡同。

⑪ 堪：受得住，经受。

⑫ 忧（憂）：困难，苦。

從之趙氏夕亡我朝從之詩曰魚水不務陸將何及乎是以三主之君一心戮力辟門除道奉甲興士韓魏自外趙氏自內擊智伯大敗之是故子墨子言曰古者有語曰君子不鏡於水而鏡於人鏡於水見面之容鏡於人則知吉與凶今以攻戰為利則蓋嘗鑒之於智伯之事乎此其為不吉而凶既可得而知矣

非攻下第十九

子墨子言曰今天下之所譽善者其說將何為其上中

yǐ rén wéi jìng

以人为镜

gǔ zhě yǒu yǔ yuē jūn zǐ bú jìng yú shuǐ

古者①有语②曰③："君子④不镜⑤于水，

ér jìng yú rén jìng yú shuǐ jiàn miàn zhī róng jìng yú

而镜于人。"镜于水，见⑥面⑦之容⑧，镜于

rén zé zhī jí yǔ xiōng

人，则知吉与凶⑨。

——《墨子·非攻中》

① 古者：古代，过去。

② 语（語）：谚（yàn）语。

③ 曰：说。

④ 君子：古代原指地位高的统治者，后来指道德高尚的人。

⑤ 镜（鏡）：照。

⑥ 见（見）：看到。

⑦ 面：脸。

⑧ 容：容貌，仪容。

⑨ 吉与凶：善与灾祸。吉：善。与（與）：和。凶：灾祸。

明步行也武王以正月三日行自周往征伐商二十八日渡孟津厥四月哉生明王來自商至于豐傳其四月哉始也始生明月三日與死魄互言乃偃武修文傳倒載干戈包以虎皮示不用行禮射設庠序修文教歸馬于華山之陽放牛于桃林之野示天下弗服傳山南曰陽桃林在華山東皆非長養牛馬之地欲使自生自死示天下不復乘用丁未祀于周廟邦甸侯衛駿奔走執豆籩傳四月丁未祭告后稷以下文考文王以上七世

《四库全书 · 尚书注疏》

马放南山
mǎ fàng nán shān

王①来自商②，至于③丰④，乃⑤偃武修文⑥，归⑦马于华山⑧之阳⑨，放牛于桃林⑩之野⑪，示⑫天下弗服⑬。

——《尚书·武成》

① 王：指周武王姬发，周文王之子，西周王朝的建立者。他继承父志，兴师伐纣。在牧野之战中，大败商军，推翻商朝，建立西周，定都于镐（Hào）。

② 商：商朝。

③ 至于（於）：到达。

④ 丰（豐）：地名，周朝旧都，在今陕西省西安市长安区。

⑤ 乃：然后。

⑥ 偃武修文：停止操练军事，致力发展文教。偃：停止。修：修明，提倡。

⑦ 归（歸）：放回。

⑧ 华（華）山：山名，古称西岳。

⑨ 阳（陽）：山南水北称之为阳。

⑩ 桃林：地名，在华山的旁边。

⑪ 野：郊外。

⑫ 示：告诉，告知。

⑬ 弗服：不用。服：用。

姓所非乃責己之以小易大故曰宜乎其罪我也曰無傷也是乃仁術也見牛未見羊也君子之於禽獸也見其生不忍見其死聞其聲不忍食其肉是以君子遠庖廚也注孟子解王自責之心曰無傷於仁是乃王為仁之道也時未見羊羊之為牲次於牛故用之耳是以君子遠庖廚不欲見其生食其肉也王說曰詩云他人有心予忖度之夫子之謂也夫我乃行之反而求之不得吾心夫子言之於我心有戚戚焉此心之所以合於王

jūn zǐ yuàn páo chú
君子远庖厨

jūn zǐ zhī yú qín shòu yě jiàn qí shēng

君子①之于②禽兽③也，见其生④，

bù rěn jiàn qí sǐ wén qí shēng bù rěn shí qí ròu

不忍⑤见其死，闻⑥其声⑦，不忍食其肉，

shì yǐ jūn zǐ yuàn páo chú yě

是以⑧君子远⑨庖厨⑩也。

——《孟子·梁惠王上》

① 君子：古代原指地位高的统治者，后来指道德高尚的人。
② 之于（於）：对于。
③ 禽兽（獸）：鸟类和兽类的统称。
④ 生：活。
⑤ 忍：忍心。
⑥ 闻（聞）：听。
⑦ 声（聲）：声音，指禽兽临死前的惨叫声。
⑧ 是以：因此。
⑨ 远（遠）：不接近，避开。
⑩ 庖厨：厨房。庖：厨房。

能制也時之反側間不容息言時反側之間不容氣息促之甚也先之則大過後之則不逮夫日回而月周時不與人游故聖人不貴尺之璧而重寸之陰時難得而易失也禹之趨時也履遺而弗取冠挂而弗顧非爭其先也而爭其得時也是故聖人守清道而抱雌節清和淨也雌柔弱也因循應變常後而不先柔弱以靜舒安以定舒詳也攻大礱磨堅莫能與之爭礱磑也攻大礱堅諭難也天下之物莫柔弱於水然而大不可極深不可測脩極於無窮遠淪於無崖息耗減益通

尺璧非宝

chǐ bì fēi bǎo

fú rì huí ér yuè zhōu shí bù yǔ rén yóu gù shèng rén bú guì chǐ zhī bì ér zhòng cùn zhī yīn shí nán dé ér yì shī yě

夫①日②回③而月④周⑤，时不与人游⑥，故圣人⑦不贵⑧尺⑨之璧⑩，而重⑪寸⑫之阴⑬，时难⑭得而易⑮失⑯也。

——《淮南子·原道训》

① 夫：句首语气词。

② 日：太阳。

③ 回：运转，回落，此处指太阳西落。

④ 月：月亮。

⑤ 周：运行。

⑥ 时不与（與）人游：时间不等人。时（時）：时间。游：交游。

⑦ 圣（聖）人：古代指品格最高尚、智慧最高超的人。

⑧ 贵（貴）：重视，看重。

⑨ 尺：古代长度单位，一尺为十寸。

⑩ 璧：圆形玉器，中间有孔。

⑪ 重：重视，看重。

⑫ 寸：古代长度单位，十分为一寸，此处指时间极短。

⑬ 阴（陰）：日影，常用作光阴、时间。

⑭ 难（難）：困难，不容易。

⑮ 易：容易。

⑯ 失：失去。

節言不差錯也度大各反晻與暗同符節相合之物也周禮門關用符節蓋以全竹為之剖之為兩各執其一合之以為驗也故人主用俗人則萬乘之國亡不義而好利故亡也用俗儒則萬乘之國存僅存用雅儒則千乘之國安用大儒則百里之地久外國多患難用大儒然後可以長久也而後三年天下為一諸侯為臣長久之業既成又三年修德化則可以一天下臣諸侯蓋殷湯周文皆化行之後三年而王用萬乘之國則舉錯而定一朝而伯錯讀為措伯讀為霸言一朝而霸也不聞不若聞之聞之不若見之見之不若知之知之不若行之學至於行之而止矣行之明也行之則通明於事也明

学至于行而止

xué zhì yú xíng ér zhǐ

bù wén　bú ruò　wén zhī　wén zhī bú ruò jiàn　zhī

不闻①不若②闻之③，闻之不若见④之，

jiàn zhī bú ruò zhī　zhī　zhī zhī bú ruò xíng　zhī　xué zhì yú

见之不若知⑤之，知之不若行⑥之。学至于⑦

xíng zhī ér zhǐ　yǐ

行之而止⑧矣。

——《荀子·儒效》

① 闻（聞）：听。

② 不若：不如。

③ 之：它，指知识。

④ 见（見）：观察。

⑤ 知：知道，了解。

⑥ 行：做，从事，实践。

⑦ 至于（於）：到达。

⑧ 止：停止，完成。

年明知六尺與七尺早校五年故以六尺為十五也

曾子曰士不可以不弘毅任重而道遠注包曰弘大也毅強而能斷也士弘毅然後能負重任致遠路仁以為己任不亦重乎死而後已不亦遠乎注孔曰以仁為己任重莫重焉死而後已遠莫遠焉音義毅魚氣反斷丁亂反疏正義曰此章明士行也曾子曰士不可以不弘毅任重而道遠者弘大也毅強而能斷也言士能弘毅然後能負重任致遠路也仁以為己任不亦重乎死而後已不亦遠乎者復明任重道遠之事也言仁以為己任人鮮克舉之是他物之重莫重於此焉他人行仁則日月至焉而已矣士則死而後已是遠莫遠焉

rèn zhòng dào yuǎn

任重道远

Zēng zǐ yuē shì bù kě yǐ bù hóng yì rèn

曾子①曰②："士③不可以不弘毅④，任

zhòng ér dào yuǎn rén yǐ wéi jǐ rèn bú yì zhòng hū

重而道远⑤。仁⑥以为己任，不亦⑦重乎？

sǐ ér hòu yǐ bú yì yuǎn hū

死而后已⑧，不亦远乎？"

——《论语·泰伯》

① 曾子：孔子弟子，姓曾，名参，字子舆，比孔子小46岁，以孝著称，被后世尊为"宗圣"。

② 曰：说。

③ 士：读书人。

④ 弘毅：抱负远大，意志坚强。弘：大。毅：刚强，坚韧(rèn)。

⑤ 任重而道远（遠）：任务重，路途远，比喻责任重大。

⑥ 仁：仁德，仁政，让天下百姓都过上美好生活。

⑦ 亦：也。

⑧ 死而后（後）已：一直到死方才停息，形容为实现某种事业而奋斗终生。已：停止。

注參曾子名也禮師有問避席起荅敏達也言參不達何足知此至要之義**子曰夫孝德之本也**注人之行莫大於孝故為德本**教之所由生也**注言教從孝而生**復坐吾語汝**注曾參起對故使復坐**音義**子孔子也古者稱師曰子曰語教從孝而生○正義曰此依韋注也案禮記祭義稱曾子云衆之本教曰孝尚書敬敷五教解者謂教父以義教母以慈教兄以友教弟以恭教子以孝舉此則其餘順人之教皆可知也注曾參至復坐○正義曰此義已見於上**身體髮膚受之父母不敢毀傷孝之始也**注父母全而生之已當全而歸之故不敢毀傷**立身行道揚名**

《四库全书 · 孝经注疏》

xiào dé zhī běn yě

孝，德之本也

fú xiào dé zhī běn yě jiào zhī suǒ yóu

夫①孝②，德之本③也，教④之所由⑤

shēng yě fù zuò wú yù rǔ shēn tǐ fà fū shòu

生⑥也。复坐，吾语汝⑦。身体发肤⑧，受⑨

zhī fù mǔ bù gǎn huǐ shāng xiào zhī shǐ yě

之父母，不敢毁伤⑩，孝之始⑪也。

——《孝经》

① 夫：句首语气词。

② 孝：孝顺父母。

③ 本：根本。

④ 教：教化，教育。

⑤ 由：自，从。

⑥ 生：产生，发生。

⑦ 复坐，吾语汝：回到你的座位，我告诉你。复（復）：还，回。语（語）：告诉。汝：你，指曾子。这段话的背景是：孔子与弟子曾子聊天，曾子起身聆听，孔子让他坐下听讲。

⑧ 发（髮）肤（膚）：毛发和皮肤。

⑨ 受：接受，得到。

⑩ 毁伤（傷）：毁坏，伤害。

⑪ 始：开始。

怒之紀他聞之帥弟子而踆於窾水諸侯弔之三年申

徒狄因以踣河其波蕩傷性遂至於此○他徒河反踆音存字林云古蹲字徐七旬反又音尊窾音款又音科司馬云水名弔之司馬云恐其自沈故弔之踣徐芳附反普豆反字林云僵也李云頓也郭薄杯反

荃者所以在魚得魚而忘荃蹄者所以在兎得兎而

欽定四庫全書　　莊子卷九　　九

忘蹄言者所以在意得意而忘言吾安得夫忘言之人

而與之言哉至於兩聖無意乃都無所言也○荃七全反崔音孫香草也可以餌魚或云積柴水中使魚依而食焉一云魚笱也蹄大兮反兎罥也又云兎弶也係其脚故云蹄也罥音古縣反弶音巨亮反得夫音符

得意忘言

dé yì wàng yán

quán zhě suǒ yǐ zài yú dé yú ér wàng quán
荃①者所以②在鱼，得③鱼而忘荃。

tí zhě suǒ yǐ zài tù dé tù ér wàng tí yán zhě suǒ yǐ
蹄④者所以在兔，得兔而忘蹄。言⑤者所以

zài yì dé yì ér wàng yán
在意⑥，得意而忘言。

——《庄子·外物》

① 荃：也作“筌”，捕鱼的工具。

② 所以：用以，用于。

③ 得：得到，获得。

④ 蹄：捕兔的网。

⑤ 言：语言。

⑥ 意：意思，意义。

之技（渠綺反）自謂盡之遂辭歸秦青弗止餞於郊衢撫節悲歌聲振林木響遏行雲薛譚乃謝求反終身不敢言歸秦青顧謂其友曰昔韓娥（韓國善歌者也）東之齊匱糧過（音戈）雍（音邕地名杜預曰齊城名）門鬻歌假食既去而餘音繞梁欐三日不絕左右以其人弗去過逆旅逆旅人辱之韓娥因曼聲哀哭（曼聲猶長引也）一里（一本作十里）老幼悲愁垂涕相對三日不食遽而追之娥還復為曼聲長歌一里老幼喜躍抃舞弗能自禁（音金）忘向之悲也乃厚賂發之（發猶遣也）故雍門

《四库全书 · 列子》

余音绕梁

yú yīn rào liáng

xī Hán é dōng zhī Qí kuì liáng guò Yōng mén yù gē jiǎ shí jì qù ér yú yīn rào liáng lì sān rì bù jué zuǒ yòu yǐ qí rén fú qù

昔①韩娥②东之③齐④，匮⑤粮，过雍门⑥，鬻歌⑦假⑧食，既去⑨，而余音绕⑩梁欐⑪，三日不绝⑫。左右⑬以⑭其人弗去⑮。

——《列子·汤问》

① 昔：从前。

② 韩（韓）娥：战国时期韩国女歌手。娥：美女。

③ 之：到，往。

④ 齐（齊）：春秋战国国名，在今山东省。

⑤ 匮（匱）：缺乏。

⑥ 雍门（門）：齐国国都临淄（zī）城西门。

⑦ 鬻歌：卖唱。鬻：卖。

⑧ 假：借，求。

⑨ 既去：等到离开。既：等到。去：离开。

⑩ 绕（繞）：环绕，回响。

⑪ 欐：屋梁。

⑫ 绝（絕）：断绝。

⑬ 左右：身边人。

⑭ 以：认为，以为。

⑮ 弗去：没有离开。

字苴側雅反又知雅反司馬云土苴如糞草也李云土苴糟魄也皆不眞物也一云土苴無心之貌今世俗之君子多危身棄生以殉物豈不悲哉凡聖人之動作也必察其所以之與其所以為○必察其所以之王云聖人眞以持身餘以為國故其動作必察之焉所以之者謂德所加之方也所為者謂所以待物也動作於此不必察也今且有人於此以隨侯之珠彈千仞之雀世必笑之是何也則其所用者重而所要者輕也夫生者豈特隨侯之重哉○要一遥反子列子窮容貌有飢色客有言之於鄭子陽者曰列禦寇蓋有好之士也居君之國而窮君無乃

以随侯之珠，弹千仞之雀

yǐ Suí hóu zhī zhū tán qiān rèn zhī què

jīn qiě yǒu rén yú cǐ yǐ Suí hóu zhī zhū tán qiān rèn zhī què shì bì xiào zhī shì hé yě zé qí suǒ yòng zhě zhòng ér suǒ yāo zhě qīng yě

今且①有人于此②，以③随侯之珠④，弹⑤千仞⑥之雀⑦，世⑧必笑⑨之。是何也⑩？则⑪其所用者重⑫，而所要⑬者轻⑭也。

——《庄子·让王》

① 今且：今夫，句首发语词，可不翻译。
② 于（於）此：在此，在这里。
③ 以：用。
④ 随（隨）侯之珠：同“隋侯之珠”，古代传说中的大宝珠。
⑤ 弹（彈）：弹射。
⑥ 千仞：形容极高或极深。古代以八尺为一仞。
⑦ 雀：小鸟。
⑧ 世：世人。
⑨ 笑：嘲笑，讥笑。
⑩ 是何也：是什么原因呢？
⑪ 则（則）：因为。
⑫ 重：贵重。
⑬ 要：求得，求取。
⑭ 轻（輕）：不值钱。

思以求朋未能一也一以感物不思而至子曰天下何思何慮天下同歸而殊塗一致而百慮天下何思何慮注夫少則得多則惑塗雖殊其歸則同慮雖百其致不二苟識其要不在博求一以貫之不慮而盡矣日往則

月來月往則日來日月相推而明生焉寒往則暑來暑往則寒來寒暑相推而歲成焉往者屈也來者信也屈信相感而利生焉尺蠖之屈以求信也龍蛇之蟄以存身也精義入神以致用也注精義物理之微者也神寂

《四库全书 · 周易注疏》

hán lái shǔ wǎng

寒来暑往

rì wǎng zé yuè lái yuè wǎng zé rì lái rì yuè

日①往②则月③来，月往则日来，日月

xiāng tuī ér míng shēng yān hán wǎng zé shǔ lái shǔ

相推④而明⑤生⑥焉⑦。寒⑧往则暑⑨来，暑

wǎng zé hán lái hán shǔ xiāng tuī ér suì chéng yān

往则寒来，寒暑相推而岁⑩成⑪焉。

——《易·系辞下》

① 日：太阳。

② 往：去。

③ 月：月亮。

④ 推：迁移。

⑤ 明：光明，明亮。

⑥ 生：发生，产生，出现。

⑦ 焉：句末语气词，表陈述或者肯定。

⑧ 寒：寒冷，寒冷的季节。

⑨ 暑：炎热，炎热的季节。

⑩ 岁（歲）：年，周代以前称年为岁。

⑪ 成：形成。

夸父與日逐走入日郭曰言及日於將入也逐音胄任臣案列子夸父不量力欲追日影逐之於隅谷之際林注云夸父龍伯之類鴻烈解夸父在其北方又曰臣雷公役夸父注云夸父神獸也廣輿記云今涇州有振履堆相傳夸父逐日振履于此歲華紀麗日類云逐有夸父送有秦皇吳國倫集北山愚公東海夸父績髓經云攙飛與以夸父兮徐吾起而為助冠編云句龍生垂及信信生夸父又蜀觀井碑戌渴自上而臨下夸父處中而見受疑謂此人渴欲得飲飲於河渭任臣案何諷夢渴賦云辨夸父于渭上河渭不足北飲大澤任臣案王勃九成宮頌前旌逐日夸父斷洪河之流盧柟蛾蠓集飲夸父於後漢本此未至道渴而死棄其杖化為鄧林郭曰夸父者蓋神人之名也其能及日景而傾河渭豈以走欲哉寄用於走飲耳幾

《四库全书 · 山海经广注》

Kuā fù zhú rì
夸父逐日

Kuā fù yǔ rì zhú zǒu rù rì kě
夸父①与日逐②走③，入日④，渴，
yù dé yǐn yǐn yú Hé Wèi Hé Wèi
欲⑤得饮⑥，饮于河⑦、渭⑧，河、渭
bù zú běi yǐn dà zé wèi zhì dào kě ér
不足⑨，北饮大泽⑩。未至⑪，道渴而
sǐ qì qí zhàng huà wéi Dèng lín
死。弃⑫其杖⑬，化为邓林⑭。

——《山海经·海外北经》

① 夸父：神话中的人物。
② 逐：从后面追赶。
③ 走：跑。
④ 入日：接近太阳。
⑤ 欲：想要。
⑥ 饮（飲）：喝。
⑦ 河：古文中单用时，一般特指黄河。
⑧ 渭：渭水。
⑨ 不足：不够（喝）。
⑩ 泽（澤）：水聚汇处。
⑪ 至：到。
⑫ 弃（棄）：丢掉。
⑬ 杖：手杖，拐杖。
⑭ 邓（鄧）林：神话中的树林。

舟人鬬司馬云夜上入船人必擠已於水也擠排也離力智反注同岑土金反徐在林反又語審反謂崖岸也上尺掌反莊子送葬過惠子之墓顧謂從者曰郢人堊慢其鼻端若蠅翼使匠石斵之匠石運斤成風聽而斵之瞑目恣手○從才用反郢人以井反楚都也漢書音義作優人服虔云優人吉之善塗墍者施廣領大袖以仰塗而領袖不污有小飛泥誤著其鼻因令匠石揮斤而斵之慢音温韋昭乃回反堊烏路反慢本亦作漫郭莫于反徐莫旦反李云猶塗也盡堊而鼻不傷郢人立不失容宋元君聞之召匠石曰嘗試為寡人為之匠石曰臣則嘗能斵之雖然臣之質死久矣自夫子之死也吾無以為質矣吾

yùn jīn chéng fēng

运斤成风

Yǐng rén è màn qí bí duān ruò yíng yì

郢①人垩②慢③其鼻端④，若⑤蝇翼⑥，

shǐ Jiàng shí zhuó zhī Jiàng shí yùn jīn chéngfēng tīng ér

使匠⑦石斲⑧之。匠石运⑨斤⑩成风，听⑪而

zhuó zhī jìn è ér bí bù shāng Yǐng rén lì bù shī róng

斲之，尽⑫垩而鼻不伤，郢人立不失容⑬。

——《庄子·徐无鬼》

① 郢：春秋战国时期楚国都城。

② 垩（堊）：白色的土。

③ 慢：通“墁”，涂抹。

④ 鼻端：鼻尖。

⑤ 若：像。

⑥ 翼：翅膀。

⑦ 匠：工匠。

⑧ 斲：同“斵”，斫，砍，削。

⑨ 运（運）：运转，挥动。

⑩ 斤：斧头。

⑪ 听（聽）：不用眼睛，随手。

⑫ 尽（盡）：除去。

⑬ 失容：失去常态，改变表情。容：面容，容貌。

鄭曰讀先王典法必正言其音然後義全故不可有所諱禮不誦故言執疏正義曰此章記孔子正言其音無所諱避之事雅正也子所正言者詩書禮也此三者先王典法臨文教學讀之必正言其音然後義全故不可有所諱禮不背文誦但記其揖讓周旋執而行之故言執也舉此三者則六藝可知

葉公問孔子於子路子路不對注孔曰葉公名諸梁楚大夫食采於葉僭稱公不對者未知所以答子曰女奚不曰其爲人也發憤忘食樂以忘憂不知老之將至云爾音義葉舒涉反注同葉地名楚縣尹僭稱公憤符粉反樂音洛疏正義曰此章記孔子之為人也

《四库全书 · 论语注疏》

发愤忘食

fā fèn wàng shí

Yè gōng wèn Kǒng zǐ yú Zǐ lù Zǐ lù bú duì
叶公①问孔子于子路②，子路不对③。

zǐ yuē rǔ xī bù yuē qí wéi rén yě fā
子④曰⑤："女⑥奚⑦不曰：其⑧为人也，发

fèn wàng shí lè yǐ wàng yōu bù zhī lǎo zhī jiāng zhì yún
愤忘食⑨，乐以忘忧⑩，不知老之将至⑪云

ěr
尔⑫。"

——《论语·述而》

① 叶（葉）公：春秋时期楚国官员沈诸梁，字子高，封于叶（今河南省叶县）。

② 子路：孔子弟子，姓仲，名由，字子路，又字季路，比孔子小9岁，为人直爽勇敢。

③ 对（對）：回答。

④ 子：孔子。

⑤ 曰：说。

⑥ 女：通"汝"，你。

⑦ 奚：怎么，为什么。

⑧ 其：他，指孔子。

⑨ 发愤忘食：奋发努力，忘记吃饭，指学习工作勤奋刻苦，专心致志。发（發）愤（憤）：下决心，立志。

⑩ 乐（樂）以忘忧（憂）：快乐得忘了忧愁。以：而。

⑪ 将（將）至：将要到来。

⑫ 云尔（爾）：句末语气词，表示话已结束。

分朝聘之禮所以齊一民各當其道不使淫放也下一之義皆同貴賤殺生與奪一也使民一於沮勸君君臣臣父父子子兄兄弟弟一也使人一於恩義農士士工工商商一也使人一於職業水火有氣而無生草木有生而無知生謂滋長知謂性識禽獸有知而無義人有氣有生有知亦且有義故最為天下貴也亦且者言其中亦有與義者也力不若牛走不若馬而牛馬為用何也曰人能羣彼不能羣也人何以能羣曰分無分則爭爭則不能羣也分何以能行曰以義故義以分則和言分義相須也義謂裁斷也和則一一則多力多力

rén zuì wéi tiān xià guì

人，最为天下贵

shuǐ huǒ yǒu qì ér wú shēng cǎo mù yǒu shēng

水火①有气②而无③生④，草木⑤有生

ér wú zhī qín shòu yǒu zhī ér wú yì rén yǒu qì yǒu

而无知⑥，禽兽⑦有知而无义⑧，人有气、有

shēng yǒu zhī yì qiě yǒu yì gù zuì wéi tiān xià guì yě

生、有知，亦且有义，故⑨最为天下贵⑩也。

——《荀子·王制》

① 水火：水和火，指非生物。

② 气（氣）：又叫元气，分为阳气与阴气。古人认为，万物都是由气组成。

③ 无（無）：没有。

④ 生：生命。

⑤ 草木：花草树木，泛指植物。

⑥ 知：知觉，感觉。

⑦ 禽兽（獸）：鸟类和兽类，泛指动物。

⑧ 义（義）：道德规范。

⑨ 故：因此，所以。

⑩ 贵（貴）：重要。

皆巧詐苟免而心無愧恥也道之以德齊之以禮有恥且格者德謂道德格正也言君上化民必以道德民或未從化則制禮以齊整使民知有禮則安失禮則恥如此則民有愧恥而不犯禮且能自修而歸正也

子曰吾十有五而志于學三十而立注有所成也四十而不惑注孔曰不疑惑五十而知天命注孔曰知天命之終始六十而耳順注鄭曰耳聞其言而知其微旨七十而從心所欲不踰矩注馬曰矩法也從心所欲無非法疏正義曰此章明夫子隱聖同凡所以勸人也吾十有五而志于學者言成童之歲識慮方明於是乃志於學也三十而立者有所成立也四十而不惑者志強學廣不疑惑也五十而知天命者命天之所稟受者

sān shí ér lì

三十而立

zǐ yuē wú shí yòu wǔ ér zhì yú xué
子①曰②："吾③十有五④而志⑤于学，

sān shí ér lì sì shí ér bú huò wǔ shí ér zhī tiān
三十而立⑥，四十而不惑⑦，五十而知天

mìng liù shí ér ěr shùn qī shí ér cóng xīn suǒ yù
命⑧，六十而耳顺⑨，七十而从心所欲⑩，

bù yú jǔ
不踰矩⑪。"

——《论语·为政》

① 子：孔子。

② 曰：说。

③ 吾：我。

④ 十有五：十五。有：通"又"，用于整数与零数之间。

⑤ 志：立志。

⑥ 而立：学有成就，后用"而立之年"指人 30 岁。

⑦ 不惑：没有疑惑，后用"不惑之年"指人 40 岁。

⑧ 知天命：知道天命，后用"知天命之年"指人 50 岁。

⑨ 耳顺（順）：听到别人的话，就能知道意思，后用"耳顺之年"指人 60 岁。

⑩ 从（從）心所欲：按照自己的想法，想怎样便怎样。

⑪ 踰矩：不守规矩。踰：超过，越过。矩：规矩，准则。

之曰燧人氏中古之世天下大水而鯀禹決瀆近古之世桀紂暴亂而湯武征伐今有構木鑽燧於夏后氏之世者必為鯀禹笑矣有決瀆於殷周之世者必為湯武笑矣然則今有美堯舜湯武禹之道於當今之世者必為新聖笑矣是以聖人不期修古在扶世急也不法常行論世之事因為之備宋人有耕田者田中有株兔走觸株折頸而死因釋其耒而守株冀復得兔兔不可復得而身為宋國笑今欲以先王之政治當世之民皆守株之

shǒu zhū dài tù
守株待兔

Sòng rén yǒu gēng tián zhě tián zhōng yǒu zhū tù zǒu

宋①人有耕田者，田中有株②，兔走③

chù zhū zhé jǐng ér sǐ yīn shì qí lěi ér shǒu

触④株，折⑤颈⑥而死。因⑦释⑧其耒⑨而守

zhū jì fù dé tù tù bù kě fù dé ér shēn wéi Sòng

株，冀⑩复⑪得兔，兔不可复得，而身为⑫宋

guó xiào

国笑。

——《韩非子·五蠹》

① 宋：春秋战国国名。

② 株：树木露出在地面上的根、茎（jīng）。

③ 走：跑。

④ 触（觸）：撞，碰。

⑤ 折：折断。

⑥ 颈（頸）：脖子。

⑦ 因：于是。

⑧ 释（釋）：放下。

⑨ 耒：古代的一种农具，形状像木叉。

⑩ 冀：希望。

⑪ 复（復）：再。

⑫ 为（為）：被。

乎者言居身寬略而行又寬略乃大簡也則子桑伯子之簡是大簡也子曰雍之言然者然猶是也夫子許仲弓之言是故曰然注王曰伯子書傳無見焉○正義曰書傳無見不知何人也子桑伯子當是一人故此注及下包氏皆唯言伯子而已鄭以左傳秦有公孫枝字子桑則以此為秦大夫恐非

哀公問弟子孰為好學孔子對曰有顏回者好學不遷怒不貳過不幸短命死矣今也則亡未聞好學者也注凡人任情喜怒違理顏回任道怒不過分遷者移也怒當其理不移易也不貳過者有不善未嘗復行音義好呼報反今也則亡本或無亡字即連下句讀分符問反當丁浪反復扶又反疏正義曰此章稱顏回之德哀公

不迁怒，不贰过

哀公[1]问[2]："弟子[3]孰[4]为好学[5]？"孔子对曰[6]："有颜回者好学，不迁怒[7]，不贰过[8]，不幸短命[9]死矣。今也则亡[10]，未闻[11]好学者也。"

——《论语·雍也》

① 哀公：鲁哀公姬蒋，春秋末鲁国国君。
② 问（問）：询问。
③ 弟子：学生。
④ 孰：谁，哪个。
⑤ 好学（學）：喜爱学习。好：喜欢，爱好。
⑥ 对（對）曰：回答说。
⑦ 迁（遷）怒：把怒气发泄在不相干的人、事、物上。
⑧ 贰过（過）：重犯同一过错。
⑨ 短命：寿命短，死得早。
⑩ 亡：通"无"，没有。
⑪ 未闻（聞）：没有听说。

田駟欺鄒君鄒君將使人殺之田駟恐告惠子惠子見鄒君曰今有人見君則眣其一目奚如君曰我必殺之惠子曰瞽兩目眣君奚爲不殺君曰不能勿眣惠子曰田駟東慢齊侯南欺荆王駟之於欺人瞽也君奚怨焉鄒君乃不殺

魯穆公使衆公子或宦於晉或宦於荆犁鉏曰假人於越而救溺子越人雖善遊子必不生矣失火而取水於海海水雖多火必不滅矣遠水不救近火也今晉與荆

《四库全书 · 韩非子》

yuǎn shuǐ bú jiù jìn huǒ
远水不救近火

jiǎ rén yú Yuè ér jiù nì zǐ Yuè rén suī shàn
假①人于**越**②而救溺③子，**越**人虽善

yóu zǐ bì bù shēng yǐ shī huǒ ér qǔ shuǐ yú hǎi
游④，子必⑤不生⑥矣。失火而取水于海，

hǎi shuǐ suī duō huǒ bì bú miè yǐ yuǎn shuǐ bú jiù jìn huǒ yě
海水虽多，火必不灭⑦矣，远水不救近火也。

——《韩非子·说林上》

① 假：借，找，求救。

② 越：春秋战国国名。

③ 溺：淹没。

④ 善游：擅长游泳。

⑤ 必：一定。

⑥ 生：活命，生还，得救。

⑦ 灭（滅）：熄灭。

（去之走走者舉足逾數而迹疾而景不離自以為尚遲疾走不休絶力而死不知處陰以休景静處以息迹愚亦甚矣濟曰景影也）欲人勿聞莫若勿言欲人勿知莫若勿為欲湯之滄（楚諒）一人炊之百人揚之無益也不如絶薪止火而已（善曰漢書音義或曰滄寒也呂氏春秋曰夫以湯止沸沸愈不止去火則止矣濟曰滄冷也）不絶之於彼而救之於此譬由抱薪而救火也（善曰文子曰不治其本而救其末無異鑿渠而止水抱薪而救火也良曰不絶於彼謂逆謀也救之於此謂以逆求福也）養由基楚之善射者（善有也字）去楊葉百步百發百中楊葉之大加百中焉可謂善射矣然其所止乃（善無乃字）百步之内

《四库全书·文选·上书谏吴王》

bào xīn jiù huǒ

抱薪救火

yù tāng zhī cāng yì rén chuī zhī bǎi rén yáng

欲①汤②之沧③，一人炊④之，百人扬⑤

zhī wú yì yě bù rú jué xīn zhǐ huǒ ér yǐ

之，无益⑥也，不如绝薪⑦，止火⑧而已⑨。

bù jué zhī yú bǐ ér jiù zhī yú cǐ pì yóu bào xīn ér

不绝之于彼⑩，而救之于此⑪，譬由⑫抱薪而

jiù huǒ yě

救火也。

——汉·枚乘《上书谏吴王》

① 欲：想要。

② 汤（湯）：热水，开水。

③ 沧（滄）：寒，冷。

④ 炊：烧火。

⑤ 扬（揚）：把开水从锅里舀（yǎo）起来再倒回去。

⑥ 无（無）益：没用。

⑦ 绝薪：把柴火抽出来。绝（絕）：断绝，切断。薪：柴火。

⑧ 止火：停火，熄火。

⑨ 而已：罢了。

⑩ 彼：那，指绝薪止火。

⑪ 此：这，指一人炊之，百人扬之。

⑫ 譬由：譬犹，譬如。

馬云約誓在惠王二十六年背音佩刺七賜反犀首魏官名也司馬云若今虎牙將軍公孫衍為此官元嘉本作齒首乘繩證反為君于偽反下請為君同忌也出走忌畏而走或言圍之也元嘉本忌作亡扶救一反三蒼云擊也郭云秩又豬栗反折之舌反季子魏臣壞音怪華子亦魏臣也惠子惠施也見賢遍反下同戴晉入梁國賢人惠施薦之於魏王蝸音瓜郭音戈李云蝸蟲有兩角俗謂之蝸牛三蒼云小牛螺也云俗名黄犢

有國於蝸之左角者曰觸氏有國於蝸之右角者曰蠻氏時相與爭地而戰伏尸數萬逐北旬有五日而後反誠知所爭者若此之細也則天下無爭矣○數色主反北如字又音佩軍走曰北

君曰噫其虛言與曰臣請為君實之君以意在四方上下有窮乎君曰

Mán Chù jiāo zhēng

蛮触交争

yǒu guó yú wō zhī zuǒ jiǎo zhě yuē Chù shì
有国于蜗①之左角②者，曰③**触氏**④，
yǒu guó yú wō zhī yòu jiǎo zhě yuē Mán shì shí xiāng yǔ
有国于蜗之右角者，曰**蛮氏**⑤。时⑥相与
zhēng dì ér zhàn fú shī shù wàn zhú běi xún yòu wǔ
争地⑦而战，伏尸⑧数万，逐北⑨，旬有五
rì ér hòu fǎn
日⑩而后反⑪。

——《庄子·则阳》

① 蜗（蝸）：蜗牛。
② 角：触角。
③ 曰：叫做。
④ 触（觸）氏：《庄子》寓言中的小国名。
⑤ 蛮（蠻）氏：《庄子》寓言中的小国名。
⑥ 时（時）：有一天。
⑦ 争（爭）地：争夺地盘。
⑧ 伏尸：倒在地上的尸体。伏：面向下卧。
⑨ 逐北：追逐败走的敌兵。北：军队败走。
⑩ 旬有五日：15天。旬：十天。有：通“又”，用于整数与零数之间。
⑪ 反：同“返”，返回。

不可不嚴也小人不可不閑也

孔子曰依賢固不困依富固不窮馬趼折而復行者何以輔足衆也

孔子曰不知其子視其所友不知其君視其所使又曰與善人居如入蘭芷之室久而不聞其香則與之化矣與惡人居如入鮑魚之肆久而不聞其臭亦與之化矣故曰丹之所藏者赤烏之所藏者黑君子慎所藏

子貢問曰君子見大水必觀焉何也孔子曰夫水者君

bào yú zhī sì

鲍鱼之肆

yǔ shàn rén jū rú rù lán zhǐ zhī shì jiǔ
与①善人②居③，如④入兰芷⑤之室，久
ér bù wén qí xiāng zé yǔ zhī huà yǐ yǔ è rén jū
而不闻其香，则⑥与之化⑦矣。与恶人⑧居，
rú rù bào yú zhī sì jiǔ ér bù wén qí chòu yì yǔ zhī
如入鲍鱼⑨之肆⑩，久而不闻其臭⑪，亦与之
huà yǐ
化矣。

——汉·刘向《说苑·杂言》

① 与（與）：跟，同。
② 善人：好人。
③ 居：住。
④ 如：像。
⑤ 兰（蘭）芷：兰草与白芷，都有香气。
⑥ 则（則）：句首语助词。
⑦ 化：同化。
⑧ 恶（惡）人：坏人。
⑨ 鲍鱼：咸鱼，味腥臭。
⑩ 肆：商店，铺子。
⑪ 臭：难闻的气味。

何也胡君聞之以鄭為親己遂不備鄭鄭人襲胡取之宋有富人天雨牆壞其子曰不築必將有盜其鄰人之父亦云暮而果大亡其財此夕盜至其家甚智其子而疑鄰人之父此二人說者皆當矣厚者為戮薄者見疑故大亡也二人謂關其思鄰人之父鄭武公所以戮其所厚欲令胡不疑也當富人所以疑其薄者不當為己同憂也則非知之難也處知則難也其思鄰父非不知也但處用其知不得其宜故或見戮或見疑故曰處之難也故繞朝之言當矣其為聖人於晉而為戮於秦也此不可不察晉人譎取士會於秦繞朝贈之以策曰吾謀適不用其言非不當也晉人

zhì zǐ yí lín

智子疑邻

Sòng yǒu fù rén tiān yù qiáng huài qí zǐ yuē

宋①有富人，天雨②墙坏③。其子曰：

bú zhù bì jiāng yǒu dào qí lín rén zhī fǔ yì

“不筑④，必将有盗⑤。”其邻人之父⑥亦⑦

yún mù ér guǒ dà wáng qí cái qí jiā shèn

云⑧。暮⑨而果⑩大亡⑪其财⑫。其家甚⑬

zhì qí zǐ ér yí lín rén zhī fǔ

智⑭其子，而⑮疑⑯邻人之父。

——《韩非子·说难》

① 宋：春秋战国国名。

② 雨：下雨。

③ 坏（壞）：毁坏，倒塌。

④ 筑（築）：筑墙，修补。

⑤ 盗：小偷。

⑥ 父：对老人的尊称。

⑦ 亦：也。

⑧ 云：说。

⑨ 暮：日落时，傍晚。

⑩ 果：果真，果然。

⑪ 亡：丢失。

⑫ 财（財）：财物。

⑬ 甚：很，非常。

⑭ 智：认为……聪明。

⑮ 而：却。

⑯ 疑：怀疑。

玄曰魯人少孔子四十二歲云有容儀可使為行人者按周禮有大行人小行人之職掌賓客之禮儀及朝覲聘問之事言公西華任此官也

子謂子貢曰女與回也孰愈注孔曰愈猶勝也對曰賜也何敢望回回也聞一以知十賜也聞一以知二子曰弗如也吾與女弗如也注包曰既然子貢不如復云吾與女俱不如者蓋欲以慰子貢也音義聞如字本或作問字非疏正義曰此章美顏回之德子謂子貢曰女與回也孰愈者愈猶勝也孔子乘間問弟子子貢曰女之才能與顏回誰勝對曰賜也何敢望回者望謂比視子貢稱名言賜也才劣何敢比視顏回也回也聞一以知十賜也聞

《四库全书 · 论语注疏》

wén yī zhī shí

闻一知十

zǐ wèi Zǐ gòng yuē rǔ yǔ Huí yě shú

子①谓②子贡③曰："女④与回⑤也孰⑥

yù duì yuē Cì yě hé gǎn fāng Huí Huí yě wén yī

愈⑦？"对曰⑧："赐也何敢望⑨回？回也闻一

yǐ zhī shí Cì yě wén yī yǐ zhī èr zǐ yuē fú rú

以知十，赐也闻一以知二。"子曰："弗⑩如⑪

yě wú yǔ rǔ fú rú yě

也。吾与女弗如也。"

——《论语·公冶长》

① 子：孔子。

② 谓（謂）：告诉，说。

③ 子贡（貢）：孔子弟子，姓端木，名赐，字子贡，比孔子小31岁。能言善辩，善于经商，富致（zhì）千金。

④ 女：通"汝"，你。

⑤ 回：孔子弟子颜回。

⑥ 孰：谁，哪个。

⑦ 愈：贤，好。

⑧ 对（對）曰：回答说。

⑨ 望：通"方"，比。

⑩ 弗：不。

⑪ 如：及，比得上。

子謂鄭君曰此甚易應也君對魏曰以鄭為故魏而可合也則敝邑亦願得梁而合之鄭魏王乃止

齊宣王使人吹竽必三百人南郭處士請為王吹竽宣王說之廩食以數百人（廩給）宣王死湣王立好一一聽之處士逃一曰韓昭侯曰吹竽者衆吾無以知其善者田嚴對曰一一而聽之

趙令人因申子於韓請兵將以攻魏申子欲言之君而恐君之欲疑己外市也（為外請兵取其貨利故曰市）不則恐惡於趙

《四库全书 · 韩非子》

lànyú chōngshù

滥竽①充数

Qí xuānwáng shǐ rén chuī yú bì sān bǎi rén.
齐宣王②使人吹③竽，必④三百人。

Nánguō chǔshì qǐng wèi wáng chuī yú Xuān wáng yuè zhī
南郭处士⑤请为王吹竽，宣王说⑥之，

lǐn shí yǐ shù bǎi rén Xuān wáng sǐ Mǐn wáng lì
廪食⑦以数百人。宣王死，湣王⑧立⑨，

hào yī yī tīng zhī chǔ shì táo
好⑩一一听之，处士逃⑪。

——《韩非子·内储说上》

① 滥（濫）竽：冒充会吹竽的人。滥：冒充。竽：古代一种吹奏乐器。

② 齐（齊）宣王：战国时期齐国国君田辟（pì）疆。

③ 吹：吹奏。

④ 必：一定，必须。

⑤ 南郭处士：南郭先生。南郭：复姓。处（處）士：没有做官的读书人。

⑥ 说（說）：同“悦”，高兴，喜悦。

⑦ 廪食：官府供给的粮食，俸禄。廪：供给。

⑧ 湣王：即齐湣王，又作齐闵王、齐愍王，齐宣王之子。

⑨ 立：君主即位。

⑩ 好：爱好，喜欢。

⑪ 逃：离开。

故死莊王功迹著乎竹帛傳乎後世莊王之霸功傳於後世乃孫叔敖之日夜不息以廣其君君德之所以成也

當染

四曰墨子見染素絲者而歎墨子名翟魯人作書七十一篇曰染於蒼則蒼染於黃則黃所以入者變其色亦變五入而以為五色矣一入一色故染不可不慎也非獨染絲紗也國亦有染舜染於許由伯陽舜顓頊五世之孫瞽瞍之子也名重華許由陽城人堯聘之不至伯陽蓋老子也舜時師之者也禹染於皐陶伯益禹顓頊六世孫鯀之子也名文命伯益皐

Mò zǐ bēi sī
墨子悲丝

Mò zǐ jiàn rǎn sù sī zhě ér tàn yuē rǎn
墨子①见染②素丝③者而叹④，曰："染
yú cāng zé cāng rǎn yú huáng zé huáng suǒ yǐ rù zhě biàn
于苍⑤则⑥苍，染于黄则黄，所以入⑦者变，
qí sè yì biàn wǔ rù ér yǐ wéi wǔ sè yǐ gù rǎn bù kě
其色亦变，五入而以为五色矣。故⑧染不可
bú shèn yě
不慎⑨也。"

——《吕氏春秋·当染》

① 墨子：春秋战国之际政治家、思想家，墨家创始人。
② 染：使布着（zhuó）色。
③ 素丝：白丝。素：白色。
④ 叹（歎）：叹息，感慨（kǎi）。
⑤ 苍（蒼）：青黑色。
⑥ 则（則）：便，就。
⑦ 入：投入。
⑧ 故：所以。
⑨ 慎：谨（jǐn）慎，慎重。

事本事謂農君國不能壹民而求宗廟社稷之無危不可得也上恃龜筮好用巫醫則鬼神驟崇故功之不立名之不章為之患者三苟功不立名不章必為三患下獨王貧賤日不足是也有獨王者謂無黨也有貧賤者有日不足者有日不足之費也一年之計莫如樹穀十年之計莫如樹木終身之計莫如樹人樹人謂濟而成立之一樹一穫者穀也一樹十穫者木也果木過十年漸就枯悴故曰十穫也一樹百穫者人也人有百年之壽雖使無百年子孫亦有嗣之而報德者故曰百穫也我苟種之如神用之一種百穫近識者莫能測其由故曰如神用也舉事如

shí nián shù mù bǎi nián shù rén

十年树木，百年树人

yì nián zhī jì mò rú shù gǔ shí nián zhī

一年之计①，莫②如树③谷④。十年之

jì mò rú shù mù zhōng shēn zhī jì mò rú shù rén

计，莫如树木⑤。终身⑥之计，莫如树人。

yí shù yí huò zhě gǔ yě yí shù shí huò zhě mù yě

一树一获⑦者，谷也。一树十获者，木也。

yí shù bǎi huò zhě rén yě

一树百获者，人也。

——《管子·权修》

① 计（計）：计划，谋划。
② 莫：不。
③ 树（樹）：种植，培养。
④ 谷（穀）：庄稼，粮食。
⑤ 木：树木。
⑥ 终（終）身：一生，一辈子。
⑦ 获（獲）：收获，获得。

恐天下畔周無以告我先王太王王季文王三王之憂勞天下久矣於今而后成武王蚤終成王少將以成周我所以為之若此於是卒相成王而使其子伯禽代就封於魯周公戒伯禽曰我文王之子武王之弟成王之叔父我於天下亦不賤矣然我一沐三握髮一飯三吐哺起以待士猶恐失天下之賢人子之魯慎無以國驕人管蔡武庚等果率淮夷而反周公乃奉成王命興師東伐作大誥遂誅管叔殺武庚放蔡叔收殷餘民以封

Zhōu gōng tǔ bǔ

周公吐哺

wǒ Wénwáng zhī zǐ Wǔ wáng zhī dì Chéngwáng

我①文王②之子，武王③之弟，成王④

zhī shū fù wǒ yú tiān xià yì bú jiàn yǐ rán wǒ yí mù sān

之叔父，我于天下亦不贱⑤矣。然我一沐三

wò fà yí fàn sān tǔ bǔ qǐ yǐ dài shì yóu

握发⑥，一饭三吐哺⑦，起以待⑧士⑨，犹⑩

kǒng shī tiān xià zhī xián rén

恐⑪失天下之贤人。

——《史记·鲁周公世家》

① 我：指周公姬（jī）旦，周文王之子，周武王之弟，西周初年的政治家。周公制礼作乐，被后世尊为圣人。

② 文王：周文王姬昌，商末周族领袖，西周王朝的奠基者。

③ 武王：周武王姬发，周文王之子，西周王朝的建立者。

④ 成王：周成王姬诵，周武王之子，年幼继位，由周公摄政。

⑤ 贱（賤）：地位低下。

⑥ 一沐三握发（髮），一饭三吐哺，起以待士：洗一次头，吃一顿饭，中间都要停下多次，出来接待贤客，形容求贤心切，事务繁忙。沐：洗头发。

⑦ 吐哺：将口中的饭吐出来。

⑧ 待：接待。

⑨ 士：人才。

⑩ 犹（猶）：仍然。

⑪ 恐：担忧。

大言含養萬物而德化光大也坤道其順乎承天而時行者言坤道柔順承奉於天以量時而行即不敢為物之先恒相時而動

積善之家必有餘慶積不善之家必有餘殃臣弑其君子弑其父非一朝一夕之故其所由來者漸矣由辯之不早辯也易曰履霜堅冰至蓋言順也音義殃於良反鄭曰禍惡也說文云凶也弑式志反式作殺音同辯如字馬云別也荀作變順如字疏正義曰此一節明初六爻辭也積善之家必有餘慶積不善之家必有餘殃者欲明初六其惡有漸故先明其所行善惡事由久而積漸故致後之吉凶其所由來者漸矣者言弑君弑父非一朝一夕率然而起其禍患所從來者積漸久遠矣由辯之不

积善之家，必有余庆

jī shàn zhī jiā bì yǒu yú qìng

积善①之家，必②有余庆③，积不善之家，必有余殃④。臣⑤弑⑥其君⑦，子弑其父，非⑧一朝一夕⑨之故⑩，其所由来⑪者渐⑫矣，由辩⑬之不早辩也。

jī shàn zhī jiā，bì yǒu yú qìng，jī bú shàn zhī jiā，bì yǒu yú yāng。chén shì qí jūn，zǐ shì qí fù，fēi yì zhāo yì xī zhī gù，qí suǒ yóu lái zhě jiàn yǐ，yóu biàn zhī bù zǎo biàn yě。

——《易·坤·文言》

① 积善：积德，做好事。积（積）：累积。
② 必：一定。
③ 余庆：留给子孙后辈的恩泽。余（餘）：遗留。庆（慶）：福。
④ 余殃：遗留的灾祸。殃：凶，灾祸。
⑤ 臣：大臣，臣子。
⑥ 弑：古代专指臣杀君、子杀父母。
⑦ 君：国君，君主。
⑧ 非：不是。
⑨ 一朝一夕：一早晨，一晚上，指很短的时间。
⑩ 故：原因，原故。
⑪ 由来：自开始以来。
⑫ 渐（漸）：逐渐，慢慢。
⑬ 辩（辯）：通"辨"，辨别，分辨。

他人不見不知而我不怒也一云君子易事不求備於一人故為教誨之道若有人鈍根不能知解者君子恕之而不慍怒也

有子曰注孔子弟子有若其為人也孝弟而好犯上者鮮矣注鮮少也上謂凡在己上者言孝弟之人必恭順好欲犯其上者少也不好犯上而好作亂者未之有也

君子務本本立而道生注本基也基立而後可大成孝弟也者其為仁之本與注先能事父兄然後仁道可大成音義弟大計反本或作悌下同好呼報反下及注同鮮仙善反少也鄭云寡也注同與音餘疏

本立道生
bĕn lì dào shēng

有子①曰："其②为人③也④孝弟⑤，而好⑥犯上⑦者，鲜⑧矣，不好犯上，而好作乱⑨者，未之有⑩也。君子务本⑪，本立而道生⑫。孝弟也者，其为仁之本与⑬？"

——《论语·学而》

① 有子：孔子弟子有若，比孔子小33岁，状似孔子。

② 其：他。

③ 为（為）人：做人。

④ 也：句中助词，表示停顿。

⑤ 孝弟：孝顺父母，敬爱兄长。弟：同"悌"。

⑥ 好：喜好，爱好。

⑦ 犯上：触犯长辈或上级。

⑧ 鲜：少。

⑨ 作乱（亂）：发动叛乱。

⑩ 未之有：没有。

⑪ 务本：致力于根本。务（務）：专力从事。

⑫ 本立而道生：根本树立了，道就会产生。道：做人的准则。立：确立，树立。生：产生，形成。

⑬ 孝弟也者，其为（為）仁之本与：孝悌，大概是仁爱的根本吧。其：大概，也许。仁：仁爱。与（與）：同"欤"，句末语气词，表疑问。

所尚已存乎胷中何夷之得有哉○喪息浪反

昔者莊周夢為胡蝶栩栩然胡蝶也自喻適志與自快得意悅豫而行○胡蝶徐徒協反司馬崔云蛺蝶也○栩徐況羽反喜貌崔本作翩喻李云喻快也與音餘下同崔云與哉不知周也方其夢為胡蝶而不知周則與殊死不異也然所在無不適志則當生而係生者必當死而戀死矣由此觀之知夫在生而哀死者誤也俄然覺則蘧蘧然周也自周而言故稱覺耳未必非夢也○覺古孝反○蘧徐音渠又其慮反李云有形貌崔作據據引大宗師云據然覺不知周之夢為胡蝶與胡蝶之夢為周與今之不知胡蝶無異於夢之不知周也而各適一時之志則無以明胡蝶之不夢為周矣世有假寐而夢經百年者則無以明今之百年非假寐之夢者也周與胡蝶則必有分矣夫覺夢之分無異於死生之辯也今所以自喻適志由其分定非由無分也此之謂物化

Zhuāng zhōu mèng dié

庄周梦蝶

xī zhě Zhuāngzhōu mèng wéi hú dié xǔ xǔ rán

昔者①，庄周②梦为胡蝶③，栩栩然④

hú dié yě zì yù shì zhì yú bù zhī Zhōu yě

胡蝶也。自喻⑤适志⑥与⑦，不知周⑧也。

é rán jiào zé jù jù rán Zhōu yě bù zhī Zhōu zhī mèng

俄然⑨觉⑩，则蘧蘧然⑪周也。不知周之梦

wéi hú dié yú hú dié zhī mèng wéi Zhōu yú

为胡蝶与？胡蝶之梦为周与？

——《庄子·齐物论》

① 昔者：从前。

② 庄（莊）周：即庄子（约前369—前286），名周，战国时期思想家，宋国人。

③ 梦（夢）为胡蝶：做梦变成蝴蝶。为（為）：变成。胡蝶：蝴蝶。

④ 栩栩然：欣然自得的样子。

⑤ 自喻：自己觉得。

⑥ 适（適）志：舒适自得。

⑦ 与（與）：同“欤”，句末语气词。

⑧ 周：庄周，庄子。

⑨ 俄然：一会儿，突然。

⑩ 觉（覺）：睡醒。

⑪ 蘧蘧然：惊恐的样子。

也死生之本也逆之則災害生從之則苛疾不起是謂得道（謂得養生之道苛者重也）道者聖人行之愚者佩之（聖人心合於道故勤而行之愚者性守於迷故佩服而已老子曰道者同於道德者同於德失者同於失同於道者道亦得之同於德者德亦得之同於失者失亦得之愚者未同於道德則可謂失道者也）從陰陽則生逆之則死從之則治逆之則亂反順為逆是謂內格（格拒也謂內性格拒於天道也）是故聖人不治已病治未病不治已亂治未亂此之謂也（知之至也）夫病已成而後藥之亂已成而後治之譬猶渴而穿井鬭而鑄錐不亦晚乎（知不及時也備禦虛邪事符握虎噬而

《四库全书 · 黄帝内经素问》

bú zhì yǐ bìng zhì wèi bìng

不治已病治未病

shèng rén bú zhì yǐ bìng zhì wèi bìng bú zhì
圣人①不治②已病③治未病④，不治
yǐ luàn zhì wèi luàn cǐ zhī wèi yě fú bìng yǐ chéng ér
已乱⑤治未乱，此之谓也⑥。夫病已成而
hòu yào zhī luàn yǐ chéng ér hòu zhì zhī pì yóu kě ér chuān
后药⑦之，乱已成而后治之，譬犹⑧渴而穿
jǐng dòu ér zhù zhuī bú yì wǎn hū
井，斗而铸锥⑨，不亦⑩晚乎？

——《黄帝内经·素问》

① 圣（聖）人：古代指品格最高尚、智慧最高超的人。
② 治：治疗。
③ 已病：已经有疾病。
④ 未病：疾病尚未形成。
⑤ 乱（亂）：混乱，叛乱。
⑥ 此之谓也：说的就是这种情况。谓（謂）：说。
⑦ 药（藥）：用药治疗。
⑧ 譬犹（猶）：譬如。
⑨ 渴而穿井，斗而铸锥：口渴了才去打井，临到打仗才去铸造兵器，比喻事先没准备，临时才想办法。穿：开凿，挖掘。斗（鬥）：打斗，战斗。铸（鑄）：铸造。锥（錐）：锥子。
⑩ 亦：已经。

無輔輔拂無一人諂諛我者甚衆譬之猶秋蓬也孤其根而美枝葉秋風一至根且拔矣景公辯其言以語晏子曰使是人反其國豈不為古之賢君乎晏子對曰不然夫愚者多悔不肖者自賢溺者不問墜迷者不問路溺而後問墜迷而後問路譬之猶臨難而遽鑄兵噎而遽掘井雖速亦無及已

晏子使魯仲尼命門弟子往觀子貢反報曰孰謂晏子習于禮乎夫禮曰登階不歷堂上不趨授玉不跪今晏

《四库全书 · 晏子春秋》

临渴掘井

lín kě jué jǐng

fú yú zhě duō huǐ bú xiào zhě zì xián nì zhě bú wèn zhuì mí zhě bú wèn lù nì ér hòu wèn zhuì mí ér hòu wèn lù pì zhī yóu lín nàn ér jù zhù bīng yē ér jù jué jǐng suī sù yì wú jí yǐ

夫①愚者多悔②，不肖者自贤③，溺④者不问坠⑤，迷者不问路。溺而后问坠，迷而后问路，譬之犹⑥临难而遽铸兵⑦，噎⑧而遽掘井⑨，虽速，亦无及已⑩。

——《晏子春秋·内篇杂上》

① 夫：句首语气词。

② 愚者多悔：愚蠢的人总爱后悔。

③ 不肖者自贤（賢）：品行不好的人自以为贤能。

④ 溺：淹死。

⑤ 坠（墜）：落。

⑥ 譬之犹（猶）：譬如。

⑦ 临（臨）难而遽铸兵：临到危难时，方才铸造兵器，比喻平时不作准备，临时才想办法。难（難）：危难，危险。遽：急忙。铸（鑄）兵：铸造兵器。

⑧ 噎：食物等堵塞喉咙。

⑨ 掘井：挖井。

⑩ 虽速，亦无及已：即使很快，也来不及了。虽（雖）：即使。及：追上，赶上。已：句末语气词。

不自知而死鑽荼龐涓魏惠王之將申魏惠王之太子也與龐涓東伐齊戰於馬陵齊人盡殺之故惠王謂孟子曰晉國天下莫強焉叟之所知也及寡人身東敗於齊長子死此之謂也敗莫大於不自知莫無也范氏之亡也范氏晉卿范武子之後也謂藺子率師逐范吉射也一曰智伯伐范氏而滅之故曰亡也百姓有得鍾者欲負而走則鍾大不可負以椎毀之鍾況然有音恐人聞之而奪己也遽揜其耳遽疾也惡人聞之可也惡己自聞之悖矣為人主而惡聞其過非猶此也此自揜其耳也惡人聞其過尚猶可魏文侯燕飲皆令諸大夫論己或言君之智也至於任座任座

《四库全书 · 吕氏春秋》

yǎn ěr dào líng

掩耳盗铃

bǎi xìng yǒu dé zhōng zhě yù fù ér zǒu zé
百姓①有得钟者，欲②负③而走④，则
zhōng dà bù kě fù yǐ chuí huǐ zhī zhōng kuàng rán yǒu
钟大不可负。以⑤椎⑥毁⑦之，钟况⑧然有
yīn kǒng rén wén zhī ér duó jǐ yě jù yǎn qí ěr
音。恐⑨人闻之而夺己也，遽⑩掩⑪其耳。
wù rén wén zhī kě yě wù jǐ zì wén zhī bèi yǐ
恶⑫人闻之，可也，恶己自闻之，悖⑬矣。

——《吕氏春秋·自知》

① 百姓：原为贵族的通称，后用以称呼平民。
② 欲：打算，想要。
③ 负（負）：背。
④ 走：跑。
⑤ 以：用。
⑥ 椎：捶击的器具。
⑦ 毁：破坏。
⑧ 况：形容钟声的象声词。
⑨ 恐：害怕，担忧。
⑩ 遽：急忙。
⑪ 掩（揜）：捂。
⑫ 恶（惡）：害怕。
⑬ 悖：荒谬。

至而雨隨之三奏之裂帷幙破俎豆飛廊瓦左右皆奔走平公恐伏晉國大旱赤地三年平公得聲者或吉或凶也

鄒衍之吹律（齊人為燕昭王師居稷下號談天衍著書四十九篇又有終始五十六篇北方有地美而寒不生五穀鄒子吹律煖之而禾黍滋也）亡（音無）以加之彼將挾琴執管而從子之後耳薛譚學謳於秦青（二人並秦國之善歌者）未窮青之技（渠綺反）自謂盡之遂辭歸秦青弗止餞於郊衢撫節悲歌聲振林木響遏行雲薛譚乃謝求反終身不敢言歸秦青顧謂其友曰昔韓娥（韓國善歌者也）東之齊匱糧過（音戈）雍（音邕地名杜預曰齊城名）門鬻歌假食既去而餘音繞梁欐三日

响遏行云

xiǎng è xíng yún

Xuē tán xué ōu yú Qín qīng wèi qióng Qīng zhī jì zì wèi jìn zhī suì cí guī Qín qīng fú zhǐ jiàn yú jiāo qú fǔ jié bēi gē shēng zhèn lín mù xiǎng è xíng yún Xuē tán nǎi xiè qiú fǎn zhōng shēn bù gǎn yán guī

薛谭①学讴②于秦青，未穷③青之技，自谓④尽之，遂⑤辞归⑥。秦青弗止⑦，饯⑧于郊衢⑨，抚节⑩悲歌⑪，声⑫振林木，响⑬遏⑭行云。薛谭乃⑮谢⑯，求反⑰，终身不敢言归。

——《列子·汤问》

① 薛谭（譚）：与下文的秦青，都是战国时期秦国善歌之人。
② 讴（謳）：唱歌，无乐器伴奏的歌唱。
③ 穷（窮）：尽，学完。
④ 谓（謂）：认为，以为。
⑤ 遂：于是。
⑥ 辞归：告别回家。辞（辭）：告别。归（歸）：返回。
⑦ 止：制止，阻拦。
⑧ 饯（餞）：用酒食送行。
⑨ 衢：道路。
⑩ 抚节：击打乐器。抚（撫）：拍，击打。节（節）：一种敲击乐器。
⑪ 悲歌：悲壮地歌唱。
⑫ 声（聲）：歌声。
⑬ 响（響）：回声。
⑭ 遏：阻止。
⑮ 乃：于是。
⑯ 谢（謝）：道歉，认错。
⑰ 反：同“返”，返回。

汲汲助長其福也汲汲則似宋人也無若宋人然宋人有閔其苗之不長而揠之者芒芒然歸謂其人曰今日病矣予助苗長矣其子趨而往視之苗則槁矣注揠挺拔之欲亟長也病罷也芒芒然罷倦之貌其人家人也其子揠苗者之子也趨走也槁乾枯也以喻人之情邀福者必有害若欲急長苗而反使之枯死也天下之不助苗長者寡矣以為無益而舍之者不耘苗者也助之長者揠苗者也非徒無益而又害之注天下人行善者

yà miáo zhù zhǎng

揠苗助长

Sòng rén yǒu mǐn qí miáo zhī bù zhǎng ér yà
宋①人有闵②其苗③之不长④，而揠⑤
zhī zhě mángmáng rán guī wèi qí rén yuē jīn rì
之者，芒芒然⑥归⑦，谓其人⑧曰：“今日
bìng yǐ yú zhù miáo zhǎng yǐ qí zǐ qū ér
病⑨矣！予⑩助⑪苗长矣！”其子趋⑫而
wǎng shì zhī miáo zé gǎo yǐ tiān xià zhī bú zhù miáo
往⑬视⑭之，苗则槁⑮矣。天下之不助苗
zhǎng zhě guǎ yǐ
长者，寡⑯矣。

——《孟子·公孙丑上》

① 宋：春秋战国国名。
② 闵（閔）：担心，忧虑。
③ 苗：禾苗。
④ 长（長）：生长，成长。
⑤ 揠：拔。
⑥ 芒芒然：疲惫（bèi）不堪的样子。
⑦ 归（歸）：返回，回家。
⑧ 谓其人：告诉他家里人。谓（謂）：告诉。
⑨ 病：疲惫。
⑩ 予：我。
⑪ 助：帮助。
⑫ 趋（趨）：快步走，跑。
⑬ 往：去。
⑭ 视（視）：看。
⑮ 槁：枯萎。
⑯ 寡：少。

小人不恥不仁不畏不義不見利不勸不威不懲小懲而大誠此小人之福也易曰屨校滅趾无咎此之謂也

音義懲直升反屨俱遇反校胡孝反下同 疏正義曰此章第三節也明小人之道不能恒善若因懲誠而得福也此亦證前章安身之事故引易噬嗑初九以證之以初九居无位之地是受刑者以處卦初其過未深故屨校滅趾而无咎也

善不積不足以成名惡不積不足以滅身小人以小善為无益而弗為也以小惡為无傷而弗去也故惡積而不可掩罪大而不可解易曰何校滅耳凶

音義去羌呂反何河可反又音河 疏正義曰此章第四節也明惡人為惡之極以致凶也此結成前

《四库全书·周易注疏》

善不积，不足以成名

善①不积②，不足③以成名④，恶⑤不积，不足以灭身⑥。小人⑦以⑧小善为无益⑨，而弗为⑩也，以小恶为无伤⑪，而弗去⑫也。故⑬恶积而不可掩⑭，罪⑮大而不可解⑯。

——《易·系辞下》

① 善：善行，好事。
② 积（積）：积累，聚集。
③ 不足：不可以，不能。
④ 成名：树立名声，有名。
⑤ 恶（惡）：恶行，坏事。
⑥ 灭（滅）身：丧身，毁灭自身。
⑦ 小人：普通人。
⑧ 以：认为，以为。
⑨ 无益：没有好处。
⑩ 弗为（為）：不做。
⑪ 无伤（傷）：不损害，不伤害。
⑫ 去：放弃。
⑬ 故：所以。
⑭ 掩：掩盖，隐藏。
⑮ 罪：罪恶。
⑯ 解：免除，消除。

新沐者必彈冠（拂塵坌也）新浴者必振衣（祛土穢也）安能以身之察察（察察清潔也）受物之汶汶者乎（蒙垢塵也）寧赴湘流（自沉淵也）葬於江魚之腹中（身消爛也）又安能以皓皓之白（皎皎明也）而蒙世俗之塵埃乎（被點汚也）漁父莞爾而笑（笑難斷也）鼓枻而去（叩船舷也）歌曰滄浪之水清兮（喻世昭明）可以濯吾纓（沐浴升朝廷也）滄浪之水濁兮（喻世昏闇）可以濯吾足（宜隱遁也）遂去不復與言（合道真也）

《四库全书 · 楚辞章句》

xīn mù zhě bì tán guān
新沐者必弹冠

xīn mù zhě bì tán guān xīn yù zhě bì zhèn
新①沐②者必弹冠③，新浴④者必振

yī ān néng yǐ shēn zhī chá chá shòu wù zhī mén mén
衣⑤，安能⑥以身之察察⑦，受物之汶汶⑧

zhě hū nìng fù **Xiāng liú** zàng yú jiāng yú zhī fù
者乎？宁⑨赴⑩**湘流**⑪，葬于江鱼之腹

zhōng yòu ān néng yǐ hào hào zhī bái ér méng shì sú
中⑫。又安能以皓皓⑬之白，而蒙⑭世俗⑮

zhī chén āi hū
之尘埃⑯乎？

——战国·屈原《渔父》

① 新：刚刚。

② 沐：洗头发。

③ 弹（彈）冠：用手指弹去帽子上的灰尘。冠：帽子。

④ 浴：洗澡。

⑤ 振衣：抖掉衣服上的灰尘。

⑥ 安能：怎么能。

⑦ 察察：洁白的样子。

⑧ 汶汶：蒙受污垢（gòu）。

⑨ 宁（寧）：宁愿，宁可。

⑩ 赴：跳进。

⑪ 湘流：湘江。

⑫ 葬于（於）江鱼之腹中：指被鱼吃掉。葬：掩埋尸体。腹：肚。

⑬ 皓皓：洁白。

⑭ 蒙：遭受。

⑮ 世俗：尘世，世间。

⑯ 尘（塵）埃：尘土，比喻污浊的东西。

聖其法皆不同非務相反也時勢異也故曰良劒期乎斷不期乎鏌鋣（鏌鋣良劒也取其能斷無取於名也故曰不期乎鏌鋣）良馬期乎千里不期乎驥驁（驁千里馬名也王者乘之遊驁因曰驥驁也）夫成功名者此先王之千里也楚人有涉江者（涉渡也）其劒自舟中墜於水遽契（一作刻）其舟曰是吾劒之所從墜（遽疾也疾刻舟識之於此下墜劒者也）舟止從其所契者入水求之舟已行矣而劒不行求劒若此不亦惑乎以此故法為其國與此同（為治也與此契舟求劒者同也）時已徙矣而法不徙以此為治豈不難哉有

《四库全书 · 吕氏春秋》

kè zhōu qiú jiàn

刻舟求剑

Chǔ rén yǒu shè Jiāng zhě qí jiàn zì zhōu zhōng
楚①人有涉②江③者，其④剑自舟⑤中
zhuì yú shuǐ jù qì qí zhōu yuē shì wú
坠⑥于水，遽⑦契⑧其舟，曰⑨：“是吾⑩
jiàn zhī suǒ cóng zhuì zhōu zhǐ cóng qí suǒ qì zhě rù shuǐ qiú
剑之所从坠。”舟止，从其所契者入水求⑪
zhī zhōu yǐ xíng yǐ ér jiàn bù xíng qiú jiàn ruò cǐ bú
之。舟已行矣，而剑不行，求剑若⑫此，不
yì huò hū
亦惑⑬乎？

——《吕氏春秋·察今》

① 楚：春秋战国国名。
② 涉：渡水。
③ 江：古文中单用时，一般特指长江。
④ 其：他，他的。
⑤ 舟：船。
⑥ 坠（墬）：落。
⑦ 遽：急忙。
⑧ 契：刻。
⑨ 曰：说。
⑩ 吾：我。
⑪ 求：寻找。
⑫ 若：按照。
⑬ 惑：迷惑。

楚王謂田鳩曰墨子者顯學也其身體則可其言多而不辯何也曰昔秦伯嫁其女於晉公子令晉為之飾裝從衣文之媵七十人至晉晉人愛其妾而賤公女此可謂善嫁妾而未可謂善嫁女也楚人有賣其珠於鄭者

為木蘭之櫃薰桂椒之櫝綴以珠玉飾以玫瑰輯以羽翠鄭人買其櫝而還其珠此可謂善賣櫝矣未可謂善鬻珠也今世之談也皆道辯說文辭之言人主覽其文

《四库全书 · 韩非子》

mǎi dú huán zhū

买椟还珠

Chǔ rén yǒu mài qí zhū yú Zhèng zhě, wéi mù

楚①人有卖其珠于郑②者，为③木

lán zhī guì xūn guì jiāo zhī dú zhuì yǐ zhū

兰④之柜⑤，薰⑥桂椒⑦之椟⑧，缀⑨以珠

yù shì yǐ méi guī jī yǐ yǔ cuì Zhèng rén mǎi qí

玉，饰以玫瑰⑩，辑⑪以羽翠⑫。郑人买其

dú ér huán qí zhū cǐ kě wèi shàn mài dú yǐ wèi kě

椟而还⑬其珠。此可谓⑭善卖椟矣，未可

wèi shàn yù zhū yě

谓善⑮鬻⑯珠也。

——《韩非子·外储说左上》

① 楚：春秋战国国名。

② 郑（鄭）：春秋战国国名。

③ 为（為）：制作。

④ 木兰（蘭）：辛夷的别名，落叶乔木，高数丈，木有香气。

⑤ 柜（櫃）：木柜，用来装珠宝。

⑥ 薰：熏染。

⑦ 桂椒：肉桂及花椒，都是香料。

⑧ 椟（櫝）：匣子，盒子。

⑨ 缀（綴）：装饰。

⑩ 玫瑰：美玉名。

⑪ 辑（輯）：通“缉”，连缀。

⑫ 羽翠：翠鸟的羽毛，古代用作饰物。

⑬ 还（還）：归还，交还。

⑭ 谓（謂）：叫作。

⑮ 善：擅（shàn）长。

⑯ 鬻：卖。

無有也王曰子不好色亦有說乎善曰遺自解說也有說則止

無說則退玉曰天下之佳人莫若楚國楚國之麗者莫

若臣里臣里之美者莫若臣東家之子臣善無臣字東家之

子增之一分則太長減之一分則太短著粉則太白施

朱則太赤眉如翠羽肌如白雪善曰莊子曰藐姑射之山有神人居焉肌膚若

冰雪　向曰眉色如翡翠之羽肌膚之白如雪腰如束素齒如含貝善曰莊子孔子謂盜

跖曰將軍齒如齊貝貝海螺其色白　銑曰素白貝玉也嫣然一笑惑陽城迷下蔡

善曰王逸楚辭注曰嫣笑貌陽城下蔡二縣名蓋楚之貴介公子所封故取以喻焉　濟曰陽城下蔡楚之二

yān rán yí xiào
嫣然一笑

dōng jiā zhī zǐ　zēng　zhī yì fēn　zé tài cháng　jiǎn zhī
东家之子①，增②之一分③则太长，减之

yì fēn zé tài duǎn　zhuó fěn　zé tài bái　shī zhū　zé tài chì
一分则太短，著粉④则太白，施朱⑤则太赤⑥，

méi　rú cuì yǔ　jī　rú bái xuě　yāo rú shù sù　chǐ
眉⑦如翠羽⑧，肌⑨如白雪，腰如束素⑩，齿

rú hán bèi　yān rán　yí xiào　huò **Yáng chéng**　mí **Xià cài**
如含贝⑪，嫣然⑫一笑，惑**阳城**，迷**下蔡**⑬。

——战国·宋玉《登徒子好色赋》

① 东（柬）家之子：东邻的女子，后用以代指美女。

② 增：多。

③ 分：量词，百分之一尺的长度。

④ 著粉：擦粉，涂粉。著：敷(fū)，附着。

⑤ 施朱：抹胭脂。施：加。朱：红色，指胭脂之类的化妆品。

⑥ 赤：红。

⑦ 眉：眉毛。

⑧ 翠羽：翠鸟的羽毛，后喻指美人之眉。

⑨ 肌：皮肤。

⑩ 束素：一束绢帛（bó），常用以形容女子腰肢柔细。束：量词，指捆在一起的东西。素：白色的生帛。

⑪ 齿（齒）如含贝（貝）：形容牙齿像贝壳那样整齐洁白。

⑫ 嫣然：笑容美好。

⑬ 惑阳城，迷下蔡：倾倒迷乱楚国贵公子汇聚的阳城和下蔡。阳（陽）城：与下蔡都是楚国贵族的封地。惑：迷惑。迷：迷乱。

宰予晝寢注孔曰宰予弟子宰我子曰朽木不可雕也
注包曰朽腐也雕雕琢刻畫糞土之牆不可杇也注王
曰杇鏝也此二者以喻雖施功猶不成於予與何誅注
孔曰誅責也今我當何責於女乎深責之子曰始吾於
人也聽其言而信其行今吾於人也聽其言而觀其行
於予與改是注孔曰改是聽言信行更察言觀行發於
宰我之晝寢音義予羊汝反或音餘晝竹救反寢七荏反朽香久反雕丁條反腐房甫反琢
陟角反畫乎卦反糞弗問反本或作糞同予宰我之名與音餘語辭也下同行下孟反
疏正義曰此章勉

朽木不可雕

xiǔ mù bù kě diāo

宰予①昼寝②，子③曰："朽木④不可雕⑤也，粪土之墙不可杇⑥也！于予与何诛⑦？"子曰："始吾⑧于人也，听其言而信⑨其行，今吾于人也，听其言而观⑩其行。于予与改是⑪。"

Zǎi yú zhòu qǐn, zǐ yuē: "xiǔ mù bù kě diāo yě, fèn tǔ zhī qiáng bù kě wū yě! yú Yú yú hé zhū?" zǐ yuē: "shǐ wú yú rén yě, tīng qí yán ér xìn qí xíng, jīn wú yú rén yě, tīng qí yán ér guān qí xíng. yú Yú yú gǎi shì."

——《论语·公冶长》

① 宰予：孔子弟子，姓宰，名予，字子我，比孔子小22岁，以擅长言语著称。
② 昼寝：白天睡觉。昼（晝）：白天。寝（寢）：睡觉。
③ 子：孔子。
④ 朽木：腐烂的木头。
⑤ 雕：雕刻。
⑥ 杇：粉刷，涂抹。
⑦ 于予与何诛：对于宰予，我该怎么责备他呢？于：对于。予：宰予。与（與）：句中语气词，表示停顿。何：什么。诛（誅）：指责，责备。
⑧ 吾：我。
⑨ 信：相信。
⑩ 观（觀）：察看。
⑪ 改是：改"听其言而信其行"为"听其言而观其行"。

大序

詩者志之所之也在心爲志發言為詩

朱注心之所之謂之志而詩所以言志也孔氏穎達曰詩人志意之所之適藴藏在心為志發見於言為詩○輔氏廣曰此一節言詩之自出

○情動於中而形於言言之不足故嗟歎之嗟歎之不足故永歌之永歌之不足不知手之舞之足之蹈之也

朱注情者性之感於物而動者也喜怒憂懼愛惡欲謂之七情形見永長也黃氏櫄曰寂然不動者謂之性感於物者謂之情情之所

《四库全书 · 钦定诗经传说汇纂》

手舞足蹈

shǒu wǔ zú dǎo

诗①者，志②之所之③也。在心为志，发④言为诗。情⑤动于中⑥而形⑦于言，言之不足⑧，故嗟叹⑨之，嗟叹之不足，故永⑩歌⑪之，永歌之不足，不知手之舞⑫之，足之蹈⑬之也。

——《毛诗序》

① 诗（詩）：诗歌。
② 志：志向，意志。
③ 之：往，到。
④ 发（發）：呈现，表现。
⑤ 情：感情。
⑥ 中：内心。
⑦ 形：形容，描写。
⑧ 足：足够，完备。
⑨ 嗟叹（歎）：感叹，叹息。
⑩ 永：通“咏”，依一定腔调缓慢地吟诵。
⑪ 歌：歌唱，按一定的乐曲或节拍诵唱。
⑫ 舞：挥动，摇动。
⑬ 蹈：跳。

有天地然後有萬物有萬物然後有男女有男女然後有夫婦有夫婦然後有父子有父子然後有君臣有君臣然後有上下有上下然後禮義有所錯注言咸卦之義也凡序卦所明非易之緼也蓋因卦之次託以明義咸柔上而剛下感應以相與夫婦之象莫美乎斯人倫之道莫大乎夫婦故夫子殷勤深述其義以崇人倫之始而不係之於離也先儒以乾至離為上經天道也咸至未濟為下經人事也夫易六畫成卦三才必備錯綜

《四库全书 · 周易注疏》

yǒu tiān dì, rán hòu yǒu wàn wù
有天地，然后有万物

yǒu tiān dì, rán hòu yǒu wàn wù ①, yǒu wàn wù, rán hòu yǒu nán nǚ ②, yǒu nán nǚ, rán hòu yǒu fū fù ③, yǒu fū fù, rán hòu yǒu fù zǐ ④, yǒu fù zǐ, rán hòu yǒu jūn chén ⑤, yǒu jūn chén, rán hòu yǒu shàng xià ⑥, yǒu shàng xià, rán hòu lǐ yì ⑦ yǒu suǒ cuò ⑧.

有天地，然后有万物①，有万物，然后有男女②，有男女，然后有夫妇③，有夫妇，然后有父子④，有父子，然后有君臣⑤，有君臣，然后有上下⑥，有上下，然后礼义⑦有所错⑧。

——《易·序卦传》

① 万（萬）物：宇宙间的一切事物。
② 男女：男人和女人，泛指人。
③ 夫妇：夫妻。妇（婦）：妻子。
④ 父子：父亲和儿子，泛指父母与子女。
⑤ 君臣：君王和臣子。
⑥ 上下：在上位者和在下位者。
⑦ 礼（禮）义（義）：礼节仪式和道德规范。
⑧ 错（錯）：通“措”，施行。

雖有嘉肴弗食不知其旨也雖有至道弗學不知其善也是故學然後知不足教然後知困知不足然後能自反也知困然後能自强也故曰教學相長也兑命曰學學半其此之謂乎肴户交反强其丈反又其良反長丁兩反學學上胡孝反下如字

正義鄭氏康成曰旨美也學則睹己行之所短孔疏不學之時不知己身何長何短若學則知己之所短有不足之處也教則見己道之所未達孔疏不教之時謂己諸事皆通若其教人則知己有未通而有困弊自反求諸己也孔疏既知不足然後能自反嚮身而求諸己之困故反學矣自强脩業不敢倦也

jiào xué xiāng zhǎng

教学相长

suī yǒu jiā yáo fú shí bù zhī qí zhǐ yě suī

虽有嘉肴①，弗②食，不知其旨③也。虽

yǒu zhì dào fú xué bù zhī qí shàn yě shì gù xué

有至道④，弗学，不知其善⑤也。是故⑥学，

rán hòu zhī bù zú jiào rán hòu zhī kùn zhī bù zú

然后知不足⑦。教，然后知困⑧。知不足，

rán hòu néng zì fǎn yě zhī kùn rán hòu néng zì qiáng yě

然后能自反⑨也。知困，然后能自强⑩也。

gù yuē jiào xué xiāngzhǎng yě

故曰：教学相长⑪也。

——《礼记·学记》

① 嘉肴：美味的菜肴。嘉：美，善。肴：熟的肉类食物。
② 弗：不。
③ 旨：味美，美味。
④ 至道：最好的学说、道理。至：最好的。
⑤ 善：美好。
⑥ 是故：因此，所以。
⑦ 不足：不够。
⑧ 困：困惑。
⑨ 自反：自我反省。
⑩ 自强：自己努力向上。
⑪ 教学（學）相长：教与学互相促进，教师和学生共同提高。长（長）：增长，提高。

舉燕王聞之絕交於齊率天下之兵以伐齊大戰一小戰再頓齊國成其名故曰因其強而強之乃可折也因其廣而廣之乃可缺也

趙且伐燕蘇代為燕謂惠王曰今者臣來過易水蚌方

出曝而鷸啄其肉蚌合而拑其喙鷸曰今日不雨明日不雨即有死蚌蚌亦謂鷸曰今日不出明日不出即有死鷸兩者不肯相舍漁者得而并禽之續云謡語諺語皆叶後語必見死蚌脯即多一字藝文類聚引云蚌將為脯如此則叶韻然不聞蚌鷸得雨則解也陸農師乃云今日不雨明

鹬蚌相争，渔人得利

yù bàng xiāng zhēng yú rén dé lì

蚌①方②出曝③，而鹬④啄⑤其肉，蚌合而拑⑥其喙⑦。鹬曰："今日不雨，明日不雨，即⑧有死蚌⑨。"蚌亦⑩谓⑪鹬曰："今日不出⑫，明日不出，即有死鹬。"两者不肯相舍⑬，渔者⑭得而并禽⑮之。

bàng fāng chū pù, ér yù zhuó qí ròu, bàng hé ér qián qí huì. yù yuē: "jīn rì bú yù, míng rì bú yù, jí yǒu sǐ bàng." bàng yì wèi yù yuē: "jīn rì bù chū, míng rì bù chū, jí yǒu sǐ yù." liǎng zhě bù kěn xiāng shě, yú zhě dé ér bìng qín zhī.

——《战国策·燕策二》

① 蚌：一种软体动物，生活在淡水中，能产珍珠。
② 方：正在。
③ 曝：晒。
④ 鹬（鷸）：长嘴的水鸟。
⑤ 啄：鸟类用嘴取食物。
⑥ 拑：夹住。
⑦ 喙：鸟兽的嘴。
⑧ 即：就。
⑨ 死蚌：天要不下雨，蚌就会被晒死。
⑩ 亦：也。
⑪ 谓（謂）：告诉。
⑫ 出：指鹬嘴从蚌壳里拔出。
⑬ 舍：放下，放弃。
⑭ 渔（漁）者：打鱼的人。
⑮ 禽：捕获，捉拿，后作"擒"。

其味相反而皆可於口故禮義法度者應時而變者也彼以為美而此或以為惡故當應時而變然後皆適也○柤側加反今取猨狙而衣以周公之服彼必齕齧挽裂盡去而後慊觀古今之異猶猨狙之異乎周公也故西施病心而矉其里其里之醜人見而美之歸亦捧心而矉其里其里之富人見之堅閉門而不出貧人見之挈妻子而去之走彼知美矉而不知矉之所以美況夫禮義當其時而用之則西施也時過而不棄則醜人也惜乎而夫子其窮哉孔子行年五十有一而不聞道乃南之沛

《四库全书 · 庄子注》

Dōng shī xiào pín
东施效①颦

Xī shī bìng xīn ér pín qí lǐ qí lǐ zhī chǒu
西施②病心③而矉④其里⑤，其里之丑

rén jiàn ér měi zhī guī yì pěng xīn ér pín qí lǐ
人⑥见而美⑦之，归⑧亦⑨捧心而矉其里。

qí lǐ zhī fù rén jiàn zhī jiān bì mén ér bù chū pín rén jiàn
其里之富人见之，坚⑩闭门而不出，贫人见

zhī qiè qī zǐ ér qù zhī zǒu bǐ zhī měi pín ér bù
之，挈妻子⑪而去之走⑫。彼知美矉，而不

zhī pín zhī suǒ yǐ měi
知矉之所以美⑬。

——《庄子·天运》

① 效：模仿，效仿。
② 西施：春秋时期越国美女，又称西子。
③ 病心：心痛。
④ 矉：皱眉，后作“颦”。
⑤ 里：人所居住的地方。
⑥ 丑（醜）人：相传为西施东邻，故后人称之为东施。
⑦ 美：认为很好看。
⑧ 归（歸）：回家。
⑨ 亦：也。
⑩ 坚（堅）：牢固。
⑪ 挈妻子：带着老婆和孩子。挈：带领。妻子：老婆和孩子。
⑫ 去之走：跑着离开。去：离开。走：跑。
⑬ 彼知美矉，而不知矉之所以美：东施只知道皱眉好看，却不知道为什么皱眉好看。彼：她，指西施邻居东施。

郢人有遺燕相國書者夜書火不明因謂持燭者曰舉燭云而過書舉燭舉燭非書意也燕相受書而説之曰舉燭者尚明也尚明也者舉賢而任之燕相白王大説國以治治則治矣非書意也今世學者多似此類

鄭人有且置履者先自度其足而置之其坐至之市而忘操之已得履乃曰吾忘持度反歸取之及反市罷遂不得履人曰何不試之以足曰寧信度無自信也

四王登為中牟令上言於襄主曰中牟有士曰中章胥

《四库全书 · 韩非子》

Zhèng rén mǎi lǚ

郑人买履

Zhèng rén yǒu qiě zhì lǚ zhě xiān zì duó qí zú

郑①人有且②置履③者，先自度④其足，

ér zhì zhī qí zuò zhì zhī shì ér wàng cāo zhī yǐ

而置之其坐⑤。至之市⑥，而忘操⑦之。已

dé lǚ nǎi yuē wú wàng chí dù fǎn guī qǔ zhī

得履，乃⑧曰："吾忘持度⑨。"反⑩归取之，

jí fǎn shì bà suì bù dé lǚ rén yuē hé bú

及⑪反，市⑫罢，遂⑬不得履。人曰："何不

shì zhī yǐ zú yuē nìng xìn dù wú zì xìn yě

试之以足？"曰："宁⑭信度，无⑮自信也。"

——《韩非子·外储说左上》

① 郑（鄭）：春秋战国国名。
② 且：将要。
③ 置履：买鞋。置：购买。履：鞋。
④ 度：测量。
⑤ 置之其坐：把量好的鞋子尺寸放在座位上。置：放。坐：座位，后作"座"。
⑥ 至之市：等到了市场。至：等到。市：市场。之：到。
⑦ 操：拿。
⑧ 乃：才。
⑨ 吾忘持度：我忘了拿鞋子的尺寸。持：拿。度：鞋子的尺寸。
⑩ 反：同"返"，返回。
⑪ 及：到……时候，等到。
⑫ 罢（罷）：完了，完毕。
⑬ 遂：最终。
⑭ 宁（寧）：宁愿，宁可。
⑮ 无（無）：通"毋"，不要。

方魏人　喟然有志焉以問其御曰此何馬也其御曰此故公家畜也老罷而不為用出而鬻之田子方曰少而貪其力老而棄其身仁者弗為也束帛以贖之罷武聞之知所歸心矣齊莊公出獵有一蟲舉足將搏其輪問其御曰此何蟲也對曰此所謂螳螂者也其為蟲也知進而不知却不量力而輕敵莊公曰此為人而必為天下勇武矣迴車而避之勇武聞之知所盡死矣故田子方隱一老馬而魏國載之齊莊公避一螳螂而勇武歸之

《四库全书 · 淮南鸿烈解》

螳臂当车

táng bì dāng chē

齐庄公①出猎②，有一虫举足，将搏③其轮④。问其御⑤曰："此何虫也⑥？"对⑦曰："此所谓⑧螳螂者也。其为虫也，知进⑨而不知却⑩，不量力⑪而轻敌⑫。"庄公曰："此为人，而必为天下勇武⑬矣！"回车而避⑭之。

Qí zhuāng gōng chū liè, yǒu yì chóng jǔ zú, jiāng bó qí lún. wèn qí yù yuē: "cǐ hé chóng yě?" duì yuē: "cǐ suǒ wèi táng láng zhě yě. qí wéi chóng yě, zhī jìn ér bù zhī què, bú liàng lì ér qīng dí." Zhuānggōng yuē: "cǐ wéi rén, ér bì wéi tiān xià yǒng wǔ yǐ!" huí chē ér bì zhī.

——《淮南子·人间训》

① 齐（齊）庄（莊）公：春秋时期齐国国君姜光。

② 出猎（獵）：外出打猎。

③ 搏：击打，拍。

④ 轮（輪）：车轮。

⑤ 御：驾车的人。

⑥ 此何虫（蟲）也：这是什么虫？

⑦ 对（對）曰：回答说。

⑧ 所谓（謂）：所说的。

⑨ 进（進）：前进。

⑩ 却：后退。

⑪ 量力：估计自己的能力。

⑫ 轻(輕) 敌(敵)：轻视敌人。

⑬ 勇武：勇士，武士。

⑭ 避：回避，躲避。

子張見魯哀公七日而哀公不禮託僕夫而去曰臣聞君好士故不遠千里之外犯霜露冒塵垢百舍重趼不敢休息以見君七日而君不禮君之好士也有似葉公子高之好龍也葉公子高好龍鉤以寫龍鑿以寫龍屋室雕文以寫龍於是夫龍聞而下之窺頭於牖拖尾於堂葉公見之棄而還走失其魂魄五色無主是葉公非好龍也好夫似龍而非龍者也今臣聞君好士故不遠千里之外以見君七日不禮君非好士也好夫似士而

《四库全书 · 新序》

Yè gōng hào lóng
叶公好龙

Yè gōng zǐ gāo hào lóng gōu yǐ xiě lóng
叶①**公子高**好②龙，钩③以写龙，
jué yǐ xiě lóng wū shì diāo wén yǐ xiě lóng yú shì fú
凿④以写龙，屋室雕文⑤以写龙。于是夫⑥
lóng wén ér xià zhī kuī tóu yú yǒu tuō wěi yú táng Yè
龙闻而下之，窥⑦头于牖⑧，拖尾于堂。**叶**
gōng jiàn zhī qì ér xuán zǒu shī qí hún pò wǔ sè
公见之，弃⑨而还⑩走，失其魂魄⑪，五色
wú zhǔ shì Yè gōng fēi hào lóng yě hào fú sì lóng ér fēi
无主⑫。是**叶公**非好龙也，好夫⑬似龙而非
lóng zhě yě
龙者也。

——汉·刘向《新序·杂事》

① 叶（葉）：地名，在今河南省叶县。
② 好：喜欢。
③ 钩（鉤）：腰带钩。
④ 凿（鑿）：通“爵”，古代一种酒器。
⑤ 雕文：雕刻装饰。
⑥ 于是夫：于是乎。
⑦ 窥（窺）：从孔隙或隐蔽处偷看。
⑧ 牖：窗。
⑨ 弃（棄）：舍弃。
⑩ 还（還）：立即。
⑪ 魂魄：古人想象中一种能脱离人体而独立存在的精神，附体则人活，离体则人死。
⑫ 五色无（無）主：恐惧而神色不定。五色：神色。
⑬ 夫：那，那个。

而化若堯以舜在上則自有禮讓何須舜以化之舜之救敗也則是堯有失
也賢舜則去堯之明察聖堯則去舜之德化不可兩得
也楚人有鬻楯與矛者譽之曰吾楯之堅莫能陷也又
譽其矛曰吾矛之利於物無不陷也或曰以子之矛陷
子之楯何如其人弗能應也夫不可陷之楯與無不陷
之矛不可同世而立今堯舜之不可兩譽矛楯之說也
且舜救敗朞年已一過三年已三過舜有盡壽有盡天
下過無已者以有盡逐無已所止者寡矣賞罰使天下

自相矛盾

zì xiāng máo dùn

楚①人有鬻②楯③与矛④者，誉⑤之曰："吾楯之坚⑥，莫⑦能陷⑧也。"又誉其矛曰："吾矛之利⑨，于物无不陷也。"或⑩曰："以子之矛，陷子之楯，何如？"其人弗⑪能应⑫也。夫⑬不可陷之楯，与无不陷之矛，不可同世而立。

Chǔ rén yǒu yù dùn yǔ máo zhě, yù zhī yuē: "wú dùn zhī jiān, mò néng xiàn yě." yòu yù qí máo yuē: "wú máo zhī lì, yú wù wú bú xiàn yě." huò yuē: "yǐ zǐ zhī máo, xiàn zǐ zhī dùn, hé rú?" qí rén fú néng yìng yě. fú bù kě xiàn zhī dùn, yǔ wú bú xiàn zhī máo, bù kě tóng shì ér lì.

——《韩非子·难一》

① 楚：春秋战国国名。
② 鬻：卖。
③ 楯：盾牌，古代武器。
④ 矛：古代直刺兵器。
⑤ 誉（譽）：称颂，赞美。
⑥ 坚（堅）：硬。
⑦ 莫：不。
⑧ 陷：刺入。
⑨ 利：锋利。
⑩ 或：有人。
⑪ 弗：不。
⑫ 应（應）：回答。
⑬ 夫：句首语气词。

又北二百里曰發鳩之山郭曰今在上黨郡長子縣西任臣案劉會孟云今屬山西潞安府一統志云在長子縣西五十里律學新説曰繖蓋山西北三十里曰發鳩山山下有泉泉上有廟濁漳水之源也廟有象神女三人女侍手擎白鴿俗言漳水欲漲則白鴿先見蓋以精衛之事而傅會之也王鑑禹貢考云發鳩山又名鹿谷山其上多柘木有鳥焉其狀如烏文首白喙赤足名曰精衛其鳴自詨是炎帝之少女名曰女娃郭曰炎帝神農也娃惡佳反語誤或作階女娃遊于東海溺而不返故為精衛常銜西山之木石以堙于東海郭曰堙寒也音因任臣案述異記炎帝女溺死東海中化為精衛一名誓鳥一名冤禽一名志鳥俗名帝女雀學海注云赤帝之女女娃為精衛在上

《四库全书 · 山海经广注》

精卫填海

又北二百里曰①发鸠之山②，其上多柘③木。有鸟焉，其状如乌④，文⑤首，白喙⑥，赤足，名曰**精卫**，其鸣自詨⑦。是**炎帝**⑧之少女，名曰**女娃**，**女娃**游于**东海**，溺⑨而不返，故为⑩**精卫**，常衔⑪西山之木石，以堙⑫于**东海**。

——《山海经·北山经》

① 曰：叫。
② 发（發）鸠之山：发鸠山在今山西省长（Zhǎng）子县。
③ 柘：桑树的一种。
④ 乌（烏）：乌鸦。
⑤ 文：华丽。
⑥ 喙：嘴。
⑦ 詨：大叫。
⑧ 炎帝：传说中上古部族首领。
⑨ 溺：淹死。
⑩ 为（為）：化为，变成。
⑪ 衔：口含物。
⑫ 堙：填。

所往則固入深則拘不得已則鬭是故其兵不修而戒不求而得不約而親不令而信禁祥去疑至死無所之吾士無餘財非惡貨也無餘命非惡壽也令發之日士卒坐者涕沾襟偃卧者涕交頤投之無所往則諸劌之勇也故嘗用兵者譬如率然率然者常山之蛇也擊其首則尾至擊其尾則首至擊其中則首尾俱至

敢問可使如率然乎曰可夫吳人與越人相惡也當其同舟濟而遇風其相救也如左右手是故方馬埋輪未

《四库全书 · 孙子兵法》

tóng zhōu gòng jì

同舟共济

gù cháng yòngbīng zhě pì rú shuài rán shuài

故①尝②用兵③者，譬如④率然⑤。率

rán zhě Chángshān zhī shé yě jī qí shǒu zé wěi zhì

然者，**常山**⑥之蛇也。击⑦其首则尾至⑧，

jī qí wěi zé shǒu zhì jī qí zhōng zé shǒu wěi jù zhì

击其尾则首至，击其中则首尾俱⑨至。

gǎn wèn kě shǐ rú shuài rán hū yuē kě fú Wú rén

敢问⑩：“可使如率然乎？”曰：“可。夫**吴**人

yǔ Yuè rén xiāng wù yě dāng qí tóngzhōu jì ér yù fēng qí

与**越**人相恶⑪也，当其同舟济⑫而遇风，其

xiāng jiù yě rú zuǒ yòu shǒu

相救也如左右手。”

——《孙子兵法·九地》

① 故：所以。

② 尝（嘗）：经常。

③ 用兵：指挥军队作战。

④ 譬如：比如，好像。

⑤ 率然：传说中的一种蛇。

⑥ 常山：山名，在今浙江省常山县。

⑦ 击（擊）：打。

⑧ 至：到。

⑨ 俱：全，都。

⑩ 敢问：冒昧地问，斗胆地问。

⑪ 恶（惡）：憎恨，仇恨。

⑫ 济（濟）：渡河。

者欲諫不敢則懷丸操彈遊於後園露沾其衣如是者三旦吴王曰子來何苦沾衣如此對曰園中有樹其上有蟬蟬高居悲鳴飲露不知螳螂在其後也螳螂委身曲附欲取蟬而不知黃雀在其傍也黃雀延頸欲啄螳螂而不知彈丸在其下也此三者皆務欲得其前利而不顧其後之有患也吴王曰善哉乃罷其兵

楚莊王欲伐陽夏師久而不罷羣臣欲諫而莫敢莊王獵於雲夢椒舉進諫曰王所以多得獸者馬也而王國

táng láng bǔ chán huáng què zài hòu

螳螂捕蝉，黄雀在后

yuánzhōng yǒu shù qí shàng yǒu chán chán gāo jū bēi míng
园中有树，其上有蝉，蝉高居①悲鸣，
yǐn lù bù zhī táng láng zài qí hòu yě táng láng wěi shēn qū
饮露②，不知螳螂在其后也。螳螂委身③曲
fù yù qǔ chán ér bù zhī huáng què zài qí páng yě huáng què
附，欲取蝉，而不知黄雀在其傍④也。黄雀
yán jǐng yù zhuó táng láng ér bù zhī dàn wán zài qí xià
延颈⑤，欲啄⑥螳螂，而不知弹丸⑦在其下
yě cǐ sān zhě jiē wù yù dé qí qián lì ér bú gù
也。此三者，皆务⑧欲得其前利，而不顾⑨
qí hòu zhī yǒu huàn yě
其后之有患⑩也。

——汉·刘向《说苑·正谏》

① 居：处。
② 露：露水。
③ 委身：全身心贯注于某方面。
④ 傍：同“旁”，旁边。
⑤ 延颈：伸长脖子。延：伸长。颈（頸）：脖子。
⑥ 啄：鸟类用嘴取食物。
⑦ 弹（彈）丸：弹弓射击所用的泥丸或石子。
⑧ 务（務）：追求，谋求。
⑨ 顾（顧）：回头，看。
⑩ 患：灾难。

图书在版编目（CIP）数据

原汁原味小古文 / 午元心，德平 主编 . —北京：东方出版社，2022.10
ISBN 978 - 7 - 5207 - 2884 - 3

I. ①原… II. ①午…②德… III. ①中国文学 - 古典文学 - 作品综合集 IV. ① I212.01

中国版本图书馆 CIP 数据核字（2022）第 135088 号

原汁原味小古文
（YUANZHIYUANWEI XIAOGUWEN）

作　　者：午元心　德　平
责任编辑：余　平
装帧设计：林芝玉
出　　版：东方出版社
发　　行：人民东方出版传媒有限公司
地　　址：北京市西城区北三环中路 6 号
邮政编码：100120
印　　刷：中煤（北京）印务有限公司
版　　次：2022 年 10 月第 1 版
印　　次：2022 年 10 月北京第 1 次印刷
开　　本：787 毫米 ×1092 毫米 1/16
印　　张：11
字　　数：85 千字
书　　号：ISBN 978-7-5207-2884-3
定　　价：29.00 元
发行电话：（010）85924663　85924644　85924641